W9-AUU-288

DE
CÓMO **tía Lola**

JULIA
ALVAREZ

terminó empezando otra vez

Elogios a los libros de las historias de tía Lola

★ "La calidez de cada uno de los personajes y la sencilla música de la narración atraerán a los niños, al igual que el juego de palabras".

—*Booklist*, Recomendado

"El libro logra unir dos culturas sin mezclarlas, permitiendo que permanezcan intactas, mientras Miguel va aprendiendo a hacer lo mismo con su propia vida. Como todas las buenas historias, esta incluye una pequeña lección, plasmada en forma tan sutil que los lectores no la percibirán como enseñanza. Y al final tendrán una mejor comprensión de sí mismos y de los demás, sin importar la lengua materna que hablen".   —*Kirkus Reviews*

"Un deleite de libro para jóvenes lectores. Julia Alvarez nos ofrece esta entretenida novela breve para el público infantil con la cual captura la atención de estos pequeños lectores y, sin ser intencionalmente moralista, nos enseña la importancia de sentir orgullo por la propia cultura".

—*Latina Style*. Elogios al libro *De cómo tía Lola aprendió a enseñar*

"Una historia cargada de humor y alegría".   —*Kirkus Reviews*

"La más reciente historia de tía Lola, obra de Julia Alvarez, retrata con profunda sinceridad una dinámica familiar poco común, y los lazos afectuosos que unen a los diferentes miembros de la familia están delineados con realismo… Una excelente opción para leer en voz alta en clase… Quienes ya leyeron la primera aventura definitivamente querrán seguir con la segunda, y quienes aún no conozcan la serie de tía Lola no tendrán el menor inconveniente en sumergirse en las historias de la tía preferida de todo el mundo".

—*The Bulletin of the Center for Children's Books*

"Un esperado regreso de este personaje en cuyo corazón tiene cabida el mundo entero".

—*School Library Journal*. Elogios al libro *De cómo tía Lola salvó el verano*

"Tía Lola es esa tía especial que sabe cómo ponerle un toque de diversión a todo".   —TimeforKids.com

"El libro rebosa aventuras y humor… Los lectores que ya conocen la serie disfrutarán al encontrarse de nuevo con la efervescente tía Lola y el resto de su pandilla, y los que no conocen la serie aún querrán leer más sobre la mejor tía dominicana de todo Vermont".   —*Kirkus Reviews*

"Como bien lo saben los lectores de esta galardonada serie, tía Lola tiene el don de entender las complejidades del corazón humano".

—*The Horn Book Magazine*

3 1489 00665 9708

DE
CÓMO tía Lola
JULIA ALVAREZ

terminó empezando otra vez

Traducción de
Mercedes Guhl
Las historias
de tía Lola

A Yearling Book

FREEPORT MEMORIAL LIBRARY

Sale of this book without a front cover may be unauthorized. If the book is coverless, it may have been reported to the publisher as "unsold or destroyed" and neither the author nor the publisher may have received payment for it.

This is a work of fiction. Names, characters, places, and incidents either are the product of the author's imagination or are used fictitiously. Any resemblance to actual persons, living or dead, events, or locales is entirely coincidental.

Text copyright © 2011 by Julia Alvarez
Translation copyright © 2012 by Mercedes Guhl
Cover art copyright © 2011 by Tatsuro Kiuchi

All rights reserved. Published in the United States by Yearling, an imprint of Random House Children's Books, a division of Random House, Inc., New York. Originally published as *How Tía Lola Ended Up Starting Over* in hardcover in the United States by Alfred A. Knopf, an imprint of Random House Children's Books, New York, in 2011.

Yearling and the jumping horse design are registered trademarks of Random House, Inc.

Visit us on the Web! randomhouse.com/kids

Educators and librarians, for a variety of teaching tools, visit us at randomhouse.com/teachers

Library of Congress Cataloging-in-Publication Data
Alvarez, Julia.
[How Tía Lola ended up starting over. Spanish]
De cómo tía Lola terminó empezando otra vez / Julia Alvarez ; traducción de Mercedes Guhl.
— 1st Yearling ed.
p. cm.
Summary: Worried that Papa Espada cannot find a job, Tía Lola, Juanita, Miguel, and the "Sword" sisters decide to start a bed and breakfast at Colonel Charlebois's Vermont house.
ISBN 978-0-307-93034-7 (pbk.) — ISBN 978-0-375-98866-0 (ebook)
[1. Bed and breakfast accommodations—Fiction. 2. Great-aunts—Fiction. 3. Dominican Americans—Fiction. 4. Mexican Americans—Fiction. 5. Family life—Vermont—Fiction. 6. Vermont—Fiction.]
I. Title.
PZ7.A48Hoj 2011
[Fic]—dc23
2012931387

Printed in the United States of America

10 9 8 7 6 5 4 3 2 1

First Yearling Edition 2012

Random House Children's Books supports the
First Amendment and celebrates the right to read.

A todos los sobrinos y sobrinas maravillosos
que mantienen a nosotras tías y *aunties*
jóvenes y vivaces

contenido

capítulo 1

De cómo tía Lola salvó a las Espada de pasar hambre

Tía Lola y los niños están reunidos en una asamblea de emergencia en el espacioso ático de la casa del coronel Charlebois. Hacen una lluvia de ideas para que las Espadas puedan sobrevivir ahora que se han mudado a Vermont.

Miguel y Juanita no pueden evitar recordar su propia mudanza, hace un año y nueve meses. Sus papás se estaban separando. Miguel y Juanita estaban dejando a todos sus amigos y a su papi en Nueva York para venirse a este lugar desconocido. Pero al menos Mami tenía un trabajo. Y ellos no tenían que quedarse solos en casa mientras su mamá trabajaba hasta tarde. Unas semanas después de la mudanza, su tía de República Dominicana, tía Lola, llegó a visitarlos y decidió quedarse.

—No se preocupen, Espadas —dice Juanita,

1

blandiendo una espada imaginaria, como si estuviera encabezando un ataque. Se refieren así a las tres hermanas por su apellido.

—Pero no se nos ha ocurrido una manera de ganar algo de dinero —se lamenta Essie. Es la Espada mediana, la que normalmente está llena de ideas y, como dice su padre, es un diablito. Siempre que Víctor quiere decir alguna palabrota, la dice en español, como si fuera correcto decirle "pequeño diablo" a una hija—. O sea, Papá no ha conseguido trabajo y los ahorros no nos van a durar eternamente. Si algo no sucede pronto, vamos a pasar hambre.

—No quiero pasar hambre —dice la pequeña Cari entre sollozos. Es la menor de las tres Espadas y se asusta con facilidad.

Valentino, el labrador dorado de las hermanas, levanta la cabeza y suspira preocupado. Si la familia va a pasar hambre, él será el primero en sentir la escasez.

—¡No estás ayudando para nada, Essie! —la regaña Victoria. Por ser la mayor, siempre está apagando los fuegos que su hermana mediana inicia. Es como si Essie se especializara en encontrar el peor lado de las cosas. Si pudiera conseguirse un trabajo como asesora para "el peor escenario posible", la familia se haría millonaria.

—¡Nosotros, sus amigos y amigas, no los dejaremos pasar hambre! —les asegura tía Lola, y señala con un gesto de cabeza a Miguel y a Juanita—. Y no olviden que su amigo Rudy siempre las acogerá en su restaurante

2

—Rudy es el dueño del increíblemente popular Café Amigos, en el pueblo. Tía Lola lo ha ayudado tantas veces en noches muy concurridas, que Rudy le ha dicho que cuando ella o sus amigos quieran comer, bien pueden acudir por cuenta de la casa.

Pero Victoria sabe que su papá jamás aceptaría una comida gratis. —Papá pensaría que es una limosna.

—Pues podemos ir sin él —contesta Essie, con la barbilla levantada en desafío.

—¿Y vamos a dejar que Papá pase hambre? —esta pregunta, con la vocecita infantil y dulce de Cari, no suena nada bien, ni siquiera a oídos de Essie.

—Nadie va a pasar hambre —repite tía Lola—. ¡Les prometo que no!

—Yo también lo prometo —Juanita levanta la mano derecha—. Tía Lola, Miguel y yo juramos solemnemente que nunca nunca dejaremos que los Espada pasen hambre —con esto espera ponerle un toque humorístico a esta lúgubre reunión, pero nadie se ríe—. Les traeré comida de nuestra casa —añade, para ser más específica.

—Sí, en especial todas sus verduras —bromea Miguel.

Juanita frunce el ceño al oírlo. Miguel apenas lleva una semana en sexto grado, y ya se convirtió en todo un sabelotodo.

—Okey, gente, vamos a intentarlo con todas nuestras ganas —dice Victoria, interviniendo de nuevo para evitar que salten más chispas. Ahora que su papá está saliendo con la mamá de Juanita y Miguel, Victoria se pasa todo el tiempo apaciguando peleas en ambas familias—. Estoy segura de que podemos encontrar la manera de ganar toneladas de dinero.

Solo el silencio recibe esta afirmación entusiasta. Hasta tía Lola parece frustrada. El coqueto lunar que suele estar sobre su ojo derecho se pierde en su ceño fruncido.

—¡Hay taaaaaaanto talento reunido en esta habitación! —Victoria empieza a sonar desesperada, incluso para sí misma. Como una porrista de un equipo que jamás ha ganado un juego y jamás ganará.

De repente, la cara de Essie se ilumina. Acaba de acordarse de la espada samurái genuina que el coronel Charlebois le regaló el verano recién pasado. —¡Podría dar clases de combate con espada!

—¡Así se habla, Essie! —dice Victoria, tratando de sonar entusiasta. Pero duda que las clases de combate con espada tengan mucha acogida en un pueblito de Vermont. En todo caso, bien vale la pena alentar a su hermana en esas raras ocasiones en que resulta optimista. Victoria escribe "clases para espadachines" en la lista de ideas salvadoras que tiene en una tablilla.

—Y clases de béisbol —continúa Essie, y es obvio que su cerebro está trabajando. Essie, una excelente lanzadora y bateadora de jonrones, siempre está buscando con quién practicar, y algunos de los compañeros de Miguel han aprovechado este interés.

Así que tal vez debería cobrar por esos ratos de práctica—. ¿Quieres ayudarme con eso, Miguel?

A Miguel no le gusta la idea de cobrarles a sus amigos por practicar con ellos, pero no se le ocurre ninguna otra idea para ayudar. Dado que Víctor, el papá de las Espada, puede llegar a casarse con su madre algún día, es malo que nadie en ninguna de las dos familias tenga mucho dinero. Su propio padre, Papi, es un artista y su trabajo cotidiano, decorador de vitrinas para grandes almacenes de Nueva York, no le permite tener buenos ingresos. La novia de Papi, Carmen, es abogada, como Víctor, y trabajaban en la misma firma hasta que él renunció hace un mes. Al igual que él, ella hace mucho trabajo voluntario. Así que lo que gana la mano derecha, la izquierda lo da.

La única persona rica que todos conocen es el coronel Charlebois, que ha sido súper generoso con ambas familias. De hecho, ninguna de las dos tendría un techo para cobijarse de no ser por él. Fue el coronel quien les rentó la vieja casa de campo a Miguel, Juanita y Mami cuando llegaron a Vermont. Luego, cuando supo que Mami estaba buscando una casa propia, convirtió los pagos de la renta en cuotas para la compra de la casa. Así que la casa con sus diez acres de tierra van en camino de convertirse en suyas.

Ahora el coronel acogió a todos los Espada, aunque sostiene que no lo hace por ayudarlos. Incluso antes de que esa familia decidiera trasladarse a Vermont, el coronel ya tenía planeado compartir su casa con otros habitantes. Se sentía muy solo viviendo sin compañía, luego de pasar toda su vida rodeado de cientos y miles de soldados en el ejército.

Pero hasta ahora, el coronel se ha negado a recibir pago por la renta, hasta que Víctor encuentre un trabajo, cosa que no ha sucedido. Parece que lo último que se necesita en este pueblo es otro abogado.

Y eso puede terminar siendo una bendición inesperada. Hace unas cuantas noches, Víctor reconoció ante sus hijas que desde hacía tiempo no se sentía a gusto ejerciendo su profesión (y este es un secreto de familia que sería estupendo que no salga más allá de las tapas de este libro). Demasiada discusión y litigio. Demasiadas personas en problemas.

¿Pero qué podía hacer en lugar de eso?

Papá no lo sabe bien. Como creció en medio de la pobreza, tuvo que trabajar para ayudar a su familia y pagarse los estudios. Solía soñar con ser jugador de béisbol, o al menos entrenador. Pero contactó a todas las escuelas de los alrededores y le dijeron que ya tenían su personal deportivo completo para el año que acaba de comenzar. —Voy a encontrar algo, no se preocupen —les aseguró a sus hijas—. A lo mejor un trabajo en el que pueda hacer feliz a la gente, a diferencia del anterior. ¡¿Y adivinen qué!? Ya tengo el mejor trabajo del mundo: ser su papá —qué lástima que ser papá no sea un empleo con sueldo.

Victoria mira a todos lados. —¿Alguna otra idea? —cinco niños, un perro inteligente, una tía mágica, ¡seguramente pueden encontrar una manera de conseguir dinero!

Juanita ha estado preguntándose qué puede hacer ella para que alguien le pague, y de repente se le ocurre. —¿Se acuerdan que en el verano pasado a todo el mundo le encantaron mis flores del jardín y dijeron que querían que les ayudara con los de ellos? —tía Lola asiente enfática, y eso compensa un poco el hecho de que nadie más recuerde esos halagos—. Puedo buscar a estas personas para ayudarles con sus jardines.

Está tan entusiasmada que ni siquiera su hermano sabelotodo tiene el corazón de recordarle que están a mediados de septiembre. Que se avecina el invierno de Vermont. Que las Espada van a pasar hambre de verdad si tienen que esperar hasta abril, cuando Juanita podría hacer su trabajo de jardines, para obtener dinero para comprar comida.

Victoria quisiera poder ofrecer sus servicios como niñera, pero Papá se ha negado incluso a hablar del tema hasta que ella cumpla los trece, cosa que no será sino hasta febrero próximo. Y entonces será momento tan solo de hablar del tema, y no es que le vaya a permitir hacer el trabajo. Mientras tanto, a Papá le parece muy bien que Victoria se encargue de cuidar a sus hermanas sin pagarle un centavo por hacerlo.

—Yo podría cocinar y limpiar casas, y recibir

encargos de costura y planchado —tía Lola enumera todo y cada cosa que ella puede hacer—. Y podría dar clases de español, de cocina, de baile...

—¡Ay, ay, ay! —Cari agita su manita. Acaba de empezar el kínder, donde se aprende que la regla para hablar es levantar la mano, así que ahora ella levanta la mano hasta en casa—. ¡Yo puedo dar clases de ballet! —se siente muy orgullosa de poder proponer algo para evitar que su familia pase hambre.

—¡No puedes enseñar ballet! ¡Si apenas tienes cinco años! —tenía que ser Essie, la negativa.

Pero Cari ya está parada de puntas, haciendo una pirueta para demostrar que sí puede hacerlo. Todos aplauden. —¡También puedo dar clases para aprender a pararse de manos! —intenta hacerlo, pero se le van las piernas hacia atrás y termina tendida en el suelo. ¿Qué importa? La intención es lo que vale. Todos aplauden otra vez.

Todos menos Essie, que pone los ojos en blanco. Pero antes de que pueda decir algo en contra de estas clases para aprender a pararse de cabeza, una mirada de su hermana mayor la calla. Es una de esas miradas matadoras que a Victoria le salen tan bien. A lo mejor su hermana debía ofrecerse como asesina a sueldo. No dejaría huellas, ni habría pistola humeante. Basta con una de esas miradas. Tendría muchísima demanda. Nadie sospecharía que la dulce y responsable Victoria es en realidad una asesina.

Pero Victoria no se siente particularmente dulce o

responsable. Ojea su lista. A excepción de las propuestas de tía Lola, ¡las demás son ridículas! ¿Tutorías de béisbol? ¿Clases para espadachines? ¿Ballet o parada de manos a cargo de una niñita de cinco años? Y tiene que hacer uso de toda su paciencia para no arrancar la hoja, arrugarla y lanzarla al zafacón.

●●●

De regreso a casa, cada quien en su bicicleta, tía Lola y Miguel y Juanita van en silencio. Cada quien sigue pensando en la manera de ayudar a la familia Espada.

En el recodo de la carretera que lleva hacia la granja se encuentra la casa de dos pisos donde Papi y Carmen se han quedado a veces cuando los van a visitar un fin de semana. Tía Lola se detiene, y lee el aviso con la cabeza ladeada: "Bridgeport B&B".

—Miguel, Juanita, siempre se me olvida preguntar cuando pasamos por aquí. ¿Por qué los dueños dejaron el letrero sin terminar?

—¿Sin terminar, tía Lola? —Miguel no entiende. Es el mismo anuncio, ya desteñido por la intemperie, que ha estado ahí desde antes de que se mudaran a la granja.

—¿Los dueños no van a poner sus nombres completos?

Miguel sonríe divertido. Tía Lola llegó a los Estados Unidos apenas el año anterior, y a veces no entiende cómo es que funcionan las cosas aquí. —Un B&B es un tipo de hotel en el que uno se queda en la casa de alguien, como si fuera la de un amigo, pero tiene que pagar.

—Eso no está nada bien —dice tía Lola negando con la cabeza—. A los amigos no se les cobra.

—Pero es que en realidad no son tus amigos —agrega Juanita—. Es una manera en que una familia puede ganar algo de dinero, al usar su casa como hotel.

La expresión que se pinta en la cara de tía Lola ya la conocen bien Miguel y Juanita. Es la opuesta de la mirada matadora. Es la mirada que podría salvar el mundo. El lunar coqueto de su frente brilla como una estrella. Una idea fantástica y divertida se está cocinando en el cerebro de su tía. Antes de que la puedan detener, ya ha dado la vuelta y va de regreso al pueblo. —¡Oye, tía Lola! ¡Nuestra casa está para este lado!

Pero ella no los oye. Ahora no es más que una mancha lejana. Y a Miguel y Juanita no les queda más remedio que dar la vuelta y tratar de alcanzarla con sus bicicletas.

❊❊❊

—¡Tengo la solución! —tía Lola entra intempestivamente a la habitación en la que el coronel Charlebois y las niñas Espada se han sentado a tomar el té. Miguel y Juanita vienen tras ella. Los tres vienen sin aliento tras el regreso veloz y febril al pueblo.

—¿De qué cuernos está hablando? —exclama el coronel una vez que ha instalado a tía Lola en un asiento—. ¿Una solución para qué?

—Ah, es tan solo un proyecto familiar que tenemos —dice Victoria para no entrar en detalles. Les lanza una mirada de advertencia a Essie y a Juanita, las dos boconas. Si le confiesan al coronel que Papá no quiere ejercer más de abogado y no puede encontrar otro trabajo, bien puede ser que el anciano señor decida echarlos de la casa. No, un momento, eso no es lo que el amable caballero haría. Más bien trataría de ayudarlos por caridad, cosa que Papá jamás aceptaría. Victoria no entiende por qué su papá se opone tan radicalmente a la caridad. Al fin y al cabo, le puso Caridad de nombre a su propia hija menor.

El coronel se levanta de su asiento. —Si prefieren tener esta conversación en privado...

—No, coronel, por favor. Debe quedarse —tía Lola ya recuperó el aliento, y el corazón se le apaciguó—. Esta solución requerirá de su permiso y su participación.

Ahora es el corazón del coronel el que da brincos y saltos. Desde que viajaba por todo el mundo con el ejército no sentía este asomo de expectativa. ¡Él está vivo todavía! Se sienta de nuevo en su asiento, con los ojos brillantes. —Continúen.

Primero lo primero. —¿Qué significa B&B? —pregunta tía Lola.

—*Bed and breakfast*, o sea cama y desayuno, o más

exactamente alojamiento y desayuno —dice el coronel sin titubear—. Los huéspedes pagan por una cama donde dormir y un desayuno.

—¿Y cuánto cuestan esa cama y el desayuno?

—Ay, no sé. No estoy en el mercado de los B&B, y no tengo idea de los precios. ¿Puedo saber por qué lo pregunta?

—Bueno, coronel, es que sucede que pronto puede usted estar en ese mercado, así que si usted tiene la amabilidad de averiguar cuánto cuesta...

—¿Eso quiere decir que me van a sacar de mi propia casa? —la interrumpe gruñón el coronel. Se le ve una expresión alarmada en el rostro, pero hay una chispa de picardía en sus ojos.

—Ay, coronel, ¡qué modales los míos! —a tía Lola se le olvidó preguntar primero si el coronel estaría de acuerdo con su solución para ganar dinero—. ¿Recuerda que dijo que preferiría vivir con compañía?

—Sí, claro. Pero ahora estoy en muy buena compañía —hace un gesto hacia las tres niñas Espada, que lo miran perplejas.

—Pero ellas son sus arrendatarias, y yo me refiero a huéspedes.

—¿Huéspedes, dice? —el coronel frunce el ceño, pero hasta las Espada, que lo conocen hace apenas un par de meses, se dan cuenta de que está intrigado—. ¿Y dónde los vamos a acomodar?

—Esta es mi propuesta.

Todos acercan sus sillas a la mesa del té, donde

tía Lola dibuja un plano de la distribución de la casa del coronel Charlebois. En el primer piso, el coronel puede seguir teniendo su habitación. Y si las Espada se trasladan un piso más arriba, a los cuartitos del ático, quedarían libres las tres habitaciones del segundo piso para los huéspedes del B&B—. ¿Qué opina, coronel?

Todos voltean a mirar expectantes al anciano señor. Las niñas Espada están listas para lanzarse a sus pies y rogarle que por favor por favor por favor las deje convertir su casa en un B&B.

Victoria piensa que esa alternativa podría ser taaaaaan emocionante. A lo mejor una familia con muchachos de su edad podría llegar a hospedarse. Papá ha prohibido siquiera la simple posibilidad de hablar sobre salir con muchachos antes de que ella empiece la secundaria. Pero si los muchachos son huéspedes, obviamente podrá pasar ratos con ellos sin tener que desobedecer a su papá.

A lo mejor un famoso beisbolista vendrá a su B&B y se hará amigo de la increíble deportista Esperanza Espada. El corazón de Essie da brincos de la felicidad. Ya puede verse en el estadio de Fenway Park, como invitada de los Medias Rojas, sentada en su *dugout*.

A Cari no le importa quién venga, mientras no sea alguien que la asuste. Pero luego recuerda que el coronel es un héroe que ha recibido medallas por su valor. Él la defendería de cualquiera. Y además siempre está Valentino.

Aunque este B&B no será en su casa, Miguel y

13

Juanita también se entusiasman. Primero que todo, sea lo que sea que se le ocurra a tía Lola, con seguridad será algo divertido. Segundo, el invierno ya viene, esa aburrida época del año en que uno no puede salir a jugar béisbol ni dedicarse al jardín. Será bueno tener un proyecto divertido en el pueblo.

El coronel Charlebois toma aire, como si fuera a soplar las ochenta y cinco velas que habrá en su bizcocho de cumpleaños el próximo diciembre. —¡Me parece que es una idea fantástica!

Se oyen gritos de entusiasmo. Hay palmadas y aplausos por todas partes.

—¿Y qué nombre le vamos a poner a nuestro B&B? —el coronel mira a su alrededor.

—¡Yo sé, yo sé! —Cari levanta la mano, pero no espera a que le indiquen que puede hablar—. Que se llame "Tía Lola B&B" —saca el pecho con orgullo, por ser la primera que propone el mejor nombre del mundo.

Tía Lola le agradece a Cari, pero no puede aceptar un honor tan grande. —Es la casa del coronel. Debe llamarse "Coronel Charlebois B&B".

Sin embargo, el coronel no está de acuerdo. —Me suena mucho a barracas militares. Nadie va a querer hospedarse aquí. ¿No le parece, tía Lola? Su nombre le añade algo de exotismo...

—¿Qué es exorcismo? —pregunta Cari. Al fin y al cabo, ese nombre fue idea suya, así que quiere entender cuál es el toque que añade su propuesta.

—E-xo-tis-mo —pronuncia el coronel lentamente—. Quiere decir que algo es emocionante, fuera de lo común y fascinante —las caras de los niños se iluminan, pero tía Lola sigue negando con la cabeza.

Victoria interviene. —Lo someteremos a votación. ¿Quiénes están de acuerdo con llamarlo "Tía Lola B&B"?

Todos levantan la mano menos tía Lola. Hasta Valentino muestra su aceptación con un ladrido.

—¡Entonces se queda como "Tía Lola B&B"! —anuncia Victoria. Todos menos tía Lola celebran de pie.

Cari de repente recuerda algo: —¿Y Papá no tiene que votar también?

Es como si alguien hubiera echado una cubeta de agua helada sobre sus mentes y corazones rebosantes de entusiasmo. Todos van cayendo de vuelta en sus asientos.

—Supongo que Papá tiene que votar también —Victoria podrá ser cualquier cosa menos injusta.

—Bueno, ahí termina nuestra solución —dice Essie con voz sombría—. Ya saben que Papá no quiere imponerle nada al coronel.

—¡Esta es mi casa! —le recuerda el anciano caballero—. Puedo hacer lo que quiera en ella.

—Pruebe decirle eso a Papá —suspira Victoria. Valentino, que entiende el lenguaje de los suspiros, se acerca y le lame la mano.

Es como si alguien le hubiera lanzado un guante al

viejo soldado para provocarlo. —Yo se lo comunicaré. Si quiero convertir mi casa en el B&B de tía Lola, así será, sin importar lo que Víctor Espada pueda decir.

Todos están de pie otra vez, chocando palmas y vitoreando. Es por eso que nadie oye que se abre la puerta del frente, ni los pasos que se acercan por el pasillo hacia la habitación en la que se está dando toda esta conmoción.

Papá está en la entrada del cuarto, con los brazos cruzados y una mirada de desaprobación hacia sus hijas. —Niñas, deben bajar la voz. Esta es la casa del coronel —por alguna razón, este recordatorio hace brotar una nueva ronda de carcajadas.

—¿Alguien podría molestarse en contarme qué sucede? —pregunta Papá muy serio.

Todos los niños levantan la mano.

Pero el coronel Charlebois hace valer su rango superior. —Yo me encargaré de dar las explicaciones —dice—. Al fin y al cabo, esta es mi casa.

capítulo 2

*De cómo a los papás hubo que convencerlos una vez,
y otra y otra más*

La primera respuesta de Papá ante la idea de un
B&B en casa del coronel Charlebois es de esperarse:
—¡Absolutamente no!

—Pero Víctor, tú mismo dijiste que ya no eres
feliz ejerciendo tu profesión de abogado porque eso
implica oír siempre a gente discutiendo —le recuerda
tía Lola—. Lo que te gusta es hacer a la gente feliz.

—¿De dónde salió esa idea? —exclama Víctor. La
pregunta va dirigida a tía Lola, pero Papá mira fijamente
a sus tres hijas, como si ya conociera la respuesta.

—Lo lamento, Papá —Victoria sabe que el cambio
de opinión de su papá es un secreto familiar, pero
sucede que Miguel y Juanita son como hermanos
suyos, y tía Lola es como una mezcla de tía preferida y
segunda mamá.

Papá no puede negar que le da gusto que sus hijas

hayan formado un lazo fuerte con los hijos y la tía de Linda. Pero, ¿de qué servirá eso si Linda termina con él? ¿Y quién podría culparla si se arrepiente de casarse con él, un desempleado con tres hijas?

—Esta va a ser una oportunidad de hacer a la gente feliz, de hacerte feliz a ti mismo —y procede a describir a los muchos huéspedes que vendrán a su B&B, los buenos momentos que tendrán, los montones de dinero que estos huéspedes van a gastar en el pueblo. —Comprarán en la tienda de Estargazer; comerán en el café de Rudy; llenarán el tanque de su carro en la gasolinera de Johnny y buscarán cosas para sus mascotas en la tienda de Petey. Ayudarás a todos si aceptas esta propuesta.

En principio, Víctor se opuso a la idea porque temía obligar al coronel a aceptar algo que no quería, pero ahora parece que al apoyar la propuesta del B&B, va a salvar al pueblo de la bancarrota.

Y así es como Víctor se deja convencer.

●●●

Pero a la noche siguiente, Víctor ha cambiado de opinión.

—Lo siento mucho —le dice al grupo reunido alrededor de la mesa. Él y sus hijas están cenando con la familia de Linda en la casa de la granja—, pero en realidad es como imponerle nuestras ideas al coronel.

No podemos olvidar que ya no es un hombre joven. ¿Cuántos años dices que va a cumplir, Linda? —agrega, mirándola.

Antes de que ella pueda contestar, Essie ya está expresando su desacuerdo: —Pero Papá, ¡si tú oíste al propio coronel decir que quiere hacer lo del B&B! —está al borde de las lágrimas, cosa que no se parece a ella para nada—. De verdad lo dijo —le asegura a Linda—, ¿cierto? —tía Lola y los demás niños asienten.

Linda se ve indecisa. No quiere decepcionar a ninguno de los niños, y menos a las hijas de Víctor, que perdieron a su madre tres años antes. Víctor las ha estado criando solo. La propia Mami perdió a sus papás cuando era muy niña, aún menor que Cari. Tuvo la suerte increíble de que fuera tía Lola quien se encargara de criarla. Estas niñas necesitan un golpe de suerte semejante. —Un hotel es algo que requiere mucho trabajo —trata de convencerlas—. Van a estar muy ocupados todos con la escuela, y tía Lola va a dar clases de español este año.

—Pero solo tengo clases dos veces por semana —señala tía Lola—. Nuestro B&B solo va a estar abierto los fines de semana —esto lo habían decidido en casa del coronel. Empezar poco a poco, para ver cómo funcionan las cosas.

—Queremos empezar poco a poco, para ver cómo funcionan las cosas —interviene Victoria, que siempre busca la manera de apaciguar las discusiones—, y Papá

no está trabajando. De hecho, la principal razón...
—calla de repente, cuando ve a su padre haciéndole señales de que se detenga.

Afortunadamente, Linda no parece notarlo. —No olviden que su padre pronto tendrá muchísimos casos y clientes que atender.

En este punto es cuando Papá debería confesar que no quiere seguir ejerciendo el derecho. En lugar de eso, le ofrece una mirada de disculpa a su prole y se pasa la mano por el pelo, que es lo que suele hacer cuando está confundido y no sabe que hacer o decir.

●●●

—No entiendo por qué Papá no le dice la verdad —Essie se dirige a Miguel y Juanita, como si ellos debieran conocer la respuesta por el hecho de que Mami es su madre.

Los niños están todos reunidos en la habitación de tía Lola después de la cena, para discutir la situación antes de que las Espada tengan que regresar al pueblo.

—A lo mejor Víctor tiene miedo de decepcionar a Linda —explica tía Lola.

—Pero Mami lo entendería —Juanita está segura de eso. Al fin y al cabo, su mamá es psicóloga, y la gente suele confesarle sus deseos profundos y sus sueños todo el tiempo.

—Creo que tienes razón, Juanita —reconoce

tía Lola—. Pero Víctor sabe que tu mami pasó por momentos difíciles mientras estuvo casada con tu papi. Que nunca hubo dinero suficiente —por la manera en que tía Lola lo explica, Juanita y Miguel no sienten que su tía esté culpando a ninguno de sus padres. Y sirve para entender por qué su madre podría preferir no casarse con un hombre que no gana dinero.

—Pero si Víctor se encarga del B&B, ¡estará ganando dinero! —exclama Juanita levantando las manos. ¿Cómo es posible que Mami no entienda algo tan sencillo? Juanita está apenas en cuarto curso, pero a veces se siente muchísimo más inteligente que su propia madre.

De repente el cuarto parece más iluminado. ¿O será simple imaginación? Pero la luz no proviene de la lámpara de la mesa de noche de tía Lola, sino de una idea brillante que surge en su mente.

—El filo de la cuña —dice tía Lola con voz misteriosa.

—¿El qué de la qué? Suena a algo de comer, tía Lola —opina Juanita entre risas.

Su tía les explica. —Han visto que a veces uno no puede abrir una puerta trancada, ¿cierto? ¿Qué es lo que hacemos en esos casos? Deslizamos el filo, o la parte más delgada de una cuña en la angosta ranura que hemos logrado abrir, y con eso hacemos palanca para abrir la puerta del todo.

Cinco caritas miran a tía Lola a la expectativa,

esperando recibir la gran iluminación. ¿Y qué tiene que ver una puerta que se desatranca con su plan del B&B y con convencer a Mami y a Papá?

—La idea del B&B se nos atrancó, ¿no es verdad? —sí, todos están de acuerdo con eso—. Es un plan grande y novedoso, que da miedo y por eso Mami no lo acepta —ahora Cari asiente vigorosamente. Ella sí que sabe de cosas que dan miedo—. Y Víctor está atorado también, porque no está preparado para confesar que ya no quiere seguir siendo abogado. ¿Pero qué pasa si les proponemos empezar con un fin de semana de prueba, con conejillos de Indias?

—Pero no conocemos a ningún conejillo de Indias que quiera hospedarse en un B&B —dice Juanita, tontamente.

—Valentino puede fingir que es un conejillo de Indias, ¿no es cierto, Valentino? —Cari lo propone de voluntario y el perro, que siempre está dispuesto a todo, se levanta de la alfombra floreada de tía Lola. Claro que ayudará como pueda en esto.

Pero tía Lola dice que necesitan conejillos de Indias humanos: huéspedes para quedarse en la casa (aunque de gratis, porque es una prueba) para demostrarle a Mami que todo el plan es posible sin molestar demasiado al coronel Charlebois y a la familia Espada. Entre tanto, una vez que Papá haya hecho el intento de administrar un lugar en el que puede hacer feliz a la gente, se sentirá capaz de confesarle a Mami lo que hasta ahora no le ha dicho.

—Tía Lola —dice Essie moviendo la cabeza de un lado a otro—, definitivamente eres el genio más increíble que yo haya conocido —a excepción de la propia Essie, claro, pero sería muy jactancioso de su parte decirlo.

Marchan escaleras abajo para proponerles a Víctor y Linda este asunto del filo de la cuña. ¿Y cómo van a oponerse Mami y Papá a la decisión, los argumentos sólidos, los ladridos suplicantes, la emoción y el entusiasmo del grupo de cinco niños, una tía y un perro dispuesto a transformarse en conejillo de Indias, para convencerlos de hacer una prueba del plan? Todos se plantan de rodillas, incluso Valentino, cosa nada fácil para un cuadrúpedo.

A Mami le está costando mucho trabajo no sonreír. —Tan solo un fin de semana —acepta provisionalmente. Un fin de semana no es nada, apenas dos días. Los niños van a olvidarse del asunto después, y Víctor y el coronel se convencerán de la locura de montar un B&B—. ¿Y a quiénes van a reclutar como primeros huéspedes?

Estaban tan concentrados en convencer a Mami y a Papá que nunca llegaron al punto de proponer a los posibles conejillos de Indias.

Esta vez es Miguel quien ofrece la solución. Papi y Carmen vendrán el siguiente fin de semana, para celebrar el cumpleaños de Juanita. En lugar de quedarse en el B&B que hay poco más allá en la carretera, pueden alojarse en el de tía Lola.

—Bueno... —Mami mira a Víctor—. Si te parece bien...

Miguel casi que alcanza a distinguir el sonido de una puerta atrancada que al fin cede por la presión de una cuña.

◆◆◆

Ahora que los dos, Mami y Papá, aceptaron (y aceptaron), es el momento de pedirle al tercero que se una al acuerdo.

Como fue su idea, es Miguel el que llama a Papi.

—Queremos que sean nuestros huéspedes en el B&B de tía Lola este fin de semana.

—Espera un momento, mi'jo —lo interrumpe Papi. Así le dice de cariño, y a veces, al oírlo, Miguel siente añoranza de lo que era vivir bajo el mismo techo que Papi—. Déjame ver si entendí bien. ¿Tu mamá y tía Lola están convirtiendo la casa en un B&B? ¿Y qué pasa con su trabajo en la universidad? ¿Y tía Lola no está enseñando español en la escuela?

—No, Papi, escúchame. El B&B de tía Lola queda en realidad en la casa del coronel Charlebois, y solo funciona los fines de semana.

—Ya veo —contesta Papi, pero Miguel se da cuenta de que sigue un poco confundido—. ¿Y qué hay de tus abuelitos? Ellos también quieren ir allá a pasar el cumpleaños de Juanita.

—Hay espacio más que suficiente en el B&B de

tía Lola —Miguel está seguro de eso. Tres habitaciones completas en el segundo piso, para ser más exactos. Es más, incluso hay lugar para que Miguel y Juanita y tía Lola se queden en el ático—. Nos vamos a quedar allá para ayudar con lo que haga falta.

—Íbamos a preguntarle a tu mami si podíamos quedarnos todos en la casa de la granja. No es que quiera ser malagradecido, pero ese B&B que queda en la carretera... —Papi no ha querido quejarse, pero parece que la propietaria no es una persona muy agradable.

—Esto será genial, Papi. Estaremos todos juntos en el pueblo —a excepción de Mami, pero Miguel pasa con ella todos los demás días del año.

—Me imagino que sí —hace una pausa, pensativo. En el silencio, Miguel oye que otra puerta se desatranca—. Si de verdad crees que Víctor y tu mami no tienen problema con eso, está bien. Llegaremos al B&B de tía Lola. Seremos sus conejillos de Indias.

Miguel se ríe. A Papi no le importa ni un poquito hacer de conejillo de Indias. Eso le recuerda los viejos tiempos, cuando vivían todos juntos. Su padre siempre lograba hacerlo reír. —Te quiero, Papi —se le escapa esa frase que siempre le da tanta vergüenza decir, incluso a sus padres, ahora que está en sexto curso.

● ● ●

Tía Lola y los niños se ponen manos a la obra para preparar el segundo piso de la casa y convertirlo en el

25

B&B. —Un B&B temporal —agregan cuando Papá o Mami los pueden oír.

—Pues es mucho esfuerzo para algo temporal —señala Papá. Desde que Linda y él accedieron al fin de semana de prueba, ha habido una cantidad de idas y venidas y de acomodar muebles y llevarse pertenencias al ático en casa del coronel.

—Tenemos que convertirlo en un B&B de verdad durante el fin de semana. Si no, ¿cómo vamos a saber lo que es manejar uno? —a veces Essie le tiene que explicar hasta las cosas más elementales a su papá. Igual que Juanita con su mamá.

—Y piensa nada más, Papá, que también será una forma de hacer que nuestras habitaciones sean más agradables, si volvemos a mudarnos abajo —añade Victoria. Ese argumento sí que convence a su padre, que se ha vuelto muy estricto con eso de mantener los cuartos ordenados desde que están en casa del coronel.

Cari la está pasando mejor que todos los demás. Es como jugar a la casita pero en una casa de verdad, y con todos participando. Por lo general, Cari nunca logra que nadie juegue con ella en lo que Essie llama sus "juegos de bebé". Nadie fuera de Valentino.

Víctor asiente ante los poderes de persuasión de sus dos hijas, combinados. Deberían hacerse abogadas, las tres. Pero él también colabora en las tareas para transformar la casa en el B&B de tía Lola con más gusto del que esperaba. *Esto es muy divertido*, se dice una y otra vez.

El coronel Charlebois también se está divirtiendo, y disfruta de ese torrente de vitalidad que ha invadido su casa. Pero a Mami aún le preocupa que tanto ajetreo sea una imposición para el pobre señor.

Para librarlo de todo el agite que implicará el fin de semana de prueba del B&B, lo invita a quedarse con ella en la casa del campo. Estará sola, pues los niños y tía Lola se quedarán en la casa del pueblo, como parte del personal del B&B. A pesar de que el coronel ha estado esperando las emociones del fin de semana con deseos, no puede resistirse a la posibilidad de quedarse en la casa de su niñez un par de días.

Las Espada pronto quedan reubicadas en el ático, donde a cada una se le asigna una pequeña habitación. Ahora llegó el momento de resolver qué hacer con los tres cuartos vacíos del segundo piso.

—Creo que deberían tener cada uno un tema —sugiere Essie—. Que uno sea de béisbol, el otro tropical.

—Yo puedo ayudar con el segundo —se ofrece Juanita. Al fin y al cabo, entre ella y tía Lola transformaron su habitación en un paraíso tropical. Su cama de dosel está pintada de forma que se asemeja a un grupo de palmeras, y las ramas entrecruzadas arriba del colchón. Una piñata de loro cuelga del techo. Estar en su cuarto es como verse en medio de unas vacaciones en el Caribe.

—Yo tengo carteles y varias cosas que servirán —ofrece Miguel para el cuarto con el tema de béisbol.

—A lo mejor tu papá puede pintar el campo de los sueños en las paredes, ¿qué te parece? —Essie recuerda la bella pancarta con un diamante de béisbol que pintó el papá de Miguel. Fue toda una sensación cuando la desplegó en el gran juego que tuvieron el verano pasado.

—Espera un momento, Essie —a su padre ha acabado por gustarle la idea del B&B. Sin embargo, pintar con murales las paredes de la casa del coronel ya es demasiado.

Pero el coronel Charlebois queda encantado con la "brillante propuesta" de Essie. Son almas gemelas ese par, siempre fascinados con las disparatadas ideas que el otro trae a colación.

—Tenemos el tema beisbolero y el tropical. ¿Y qué hay de la tercera habitación? —pregunta Victoria. Otra vez anda con su tablilla haciendo listas de todas las cosas que se necesitarán para cada cuarto.

—Bueno, estamos en Nueva Inglaterra. Tal vez deberíamos pensar en algo de aire colonial —propone Papá. Podrían ir al fuerte Ticonderoga y visitar la tienda de recuerdos—. Tienen objetos auténticos de esa época —ay, no, Papá está a punto de arruinar todo con su amor por la historia. Muy pronto transformará el cuarto en un museo, con un cordón de terciopelo cerrando el paso en la puerta.

—De verdad creo que tendríamos que tener un cuarto que sea... ya me entienden... un poco... —Victoria sabe que si dice la palabra "romántico",

Essie va a meterse el dedo en la boca para simular que vomita. Papá le ha dicho que es una manera ofensiva de mostrar su desaprobación, pero eso nunca ha impedido que Essie reincida—. O sea, ¿qué tal que una pareja de recién casados quiera venir a pasar su luna de miel?

—¿Vendrían a nuestro B&B? —pregunta Papá dudoso.

—Yo vendría —dice Victoria muy segura—. Claro, no es que me vaya a casar pronto —añade, porque Papá le está lanzando esa mirada que indica que más vale que tenga cuidado o va a tener que encerrarla con candado en uno de estos cuartos hasta que cumpla los veintiuno.

Para la tarde del viernes, el B&B de tía Lola está listo para recibir a sus primeros huéspedes. La colorida y exuberante habitación tropical está reservada para los abuelitos, que se sentirán como si hubieran vuelto a su isla. Tía Carmen, como llaman cariñosamente las niñas Espada a la ex colega de su papá, va a quedar encantada con la habitación nupcial, y más teniendo en cuenta que su propia boda con Papi debe estar próxima (aunque todavía no han fijado la fecha). Y a Papi le va a gustar su cuarto de tema beisbolero. Aunque no lo juega, es todo un fan de los Yankees. Pero lo mejor de ese cuarto será el colchón inflable junto a la cama, donde su hijo, mi'jo, dormirá. Ambos bajo el mismo techo, como en los viejos tiempos.

capítulo 3

*De cómo el fin de semana de prueba casi se convierte
en un desastre total*

Es viernes por la noche del fin de semana de prueba
del B&B de tía Lola. Los huéspedes están conociendo
sus habitaciones antes de salir a pie a cenar en el café
de Rudy.

Como el tema fue idea de Victoria, es ella quien
lleva a Carmen a la habitación romántica.

—¡Es como el sueño de toda novia! —exclama
Carmen, y mira a su alrededor gozosa. Las cortinas
son blancas, de encaje, y unas cintas de color rosa las
sostienen abiertas. La cama está cubierta de pétalos de
rosa, y hay un dosel blanco del cual cuelgan palomitas.
Hasta el aire huele a perfume de rosas.

—¿De verdad te gusta? —pregunta Victoria con
timidez.

—¿A qué te refieres? ¡Me encanta! —dice Carmen
abrazando a la jovencita complacida.

30

Victoria siente alivio. La mayoría de los toques de ese cuarto fueron idea suya, y durante varios días, cuando Essie pasaba por ahí, fingía que estaba a punto de vomitar.

En la habitación de al lado, los abuelitos admiran su decoración tropical. —¡Un paraíso de verdad! —les dicen a Cari y Juanita—. ¡Es como estar de vuelta en República Dominicana!

¿Quién se iba a imaginar que al viajar seis horas por carretera hacia el norte, Abuelito y Abuelita iban a sentirse más cerca de la isla tropical que tanto extrañan?

Entre tanto, al extremo del pasillo, Víctor y Essie le están mostrando a Papi su cuarto. Está adornado por todas partes con objetos que aluden al béisbol, incluida una foto tamaño natural silueteada de David Ortiz junto a la puerta. Aunque el papi de Miguel es fanático de los Yankees, también le gusta Big Papi, el pelotero de los Medias Rojas, cuyo nombre comparte. —Es increíble cómo lograron organizar todo esto —y menea la cabeza incrédulo. De repente su mirada cae sobre un letrero que hay arriba de la cama—. ¿Lo que dice ahí es cierto? Pensé que nosotros éramos los primeros huéspedes que reciben.

—Y son nuestros primeros huéspedes —confirma Víctor.

—¿Y qué hay de lo que dice ese aviso?

Víctor mira hacia donde apunta Papi. —¿Essie?

31

—pregunta, pero por el tono resulta obvio que ya conoce la respuesta.

—No es más que decoración —refunfuña Essie.

—Es publicidad engañosa, eso es lo que es —incluso si no llegara a ejercer el derecho nunca más, Papá no podrá dejar atrás el abogado que fue en otros tiempos—. Quítalo, por favor, Essie.

Pero el papá de Miguel convence a Víctor de conservar el rótulo con una ligera modificación. Con el marcador de Essie, Papi añade unas palabras, y ahora se lee con precisión:

Ojalá   hubiera dormido
    David Ortiz ~~durmió~~ aquí

Mientras tanto, arriba en el ático, tía Lola terminó de desempacar sus cosas en la habitación grande que da hacia el frente, donde dormirá ella. Es un cuarto amplio, acogedor, donde a los niños les gusta reunirse. Una hilera de ventanas que da a la calle le permitirá estar al tanto de las idas y venidas de sus huéspedes. También tiene una vista desde lo alto del majestuoso arce que hay en el jardín, con sus brillantes hojas. Tía Lola abre las ventanas y se asoma para tomar un soplo de aire fresco.

De repente recuerda la carta. Se sienta en el sofá-cama y saca el sobre de su bolsillo.

●●●

32

Esta mañana tía Lola salió camino del pueblo en su bicicleta, para dar los últimos toques a la casa del coronel mientras los muchachos estaban todavía en la escuela y Mami en el trabajo. Al pasar por la casa con el letrero de B&B, una mujer con la cara enrojecida salió a toda prisa y la obligó a detenerse.

—*Good morning*, ¡buenos días! ¿Cómo está usted? —empezó tía Lola. Aunque no hacía falta que lo preguntara. Por la apariencia de su cara, y la manera violenta en que le tiró la carta al pecho, como dándole un puñetazo, ya sabía que la señora estaba muy enojada.

—¿Qué pasa? —preguntó tía Lola en español, pues aunque ya sabía el suficiente inglés como para hacer la pregunta en su nuevo idioma, el gesto de la señora la había dejado tan perpleja que las palabras le salieron de la boca de forma automática en español.

—Estamos en los Estados Unidos y, en caso de que no lo haya notado, aquí hablamos en INGLÉS —la manera en que la señora pronunció la palabra "INGLÉS" hizo que de su boca volaran gotitas de saliva.

Tía Lola se limpió la cara con su bufanda amarilla de la suerte, lo cual la hizo sentir mejor. —Hablo un poco de inglés, señora B&B —dijo con voz amistosa.

—No me llamo B&B —replicó la señora—, sino Odette Beauregard. Y para usted, señora Beauregard.

—Encantada de conocerla, señora Beauregard —tía Lola estaba a punto de darle un beso en la mejilla, que es la manera en la que suele saludar a todo el mundo.

Pero se quedó besando el aire. La mujer ya se había dado vuelta e iba camino de su casa, encerrándose dentro con un portazo, aunque había un anuncio en la entrada que decía: "No deje cerrar la puerta de golpe".

Tía Lola se quedó contemplando la casa sin pintar y maltrecha, con el anuncio de habitaciones disponibles al frente. ¿Por qué estaría tan enojada la mujer? Mientras se montaba en su bicicleta, tía Lola vio a una chica pálida que estaba barriendo hojas con un rastrillo en el jardín de atrás. La chica levantó una mano a modo de saludo, y tía Lola le respondió de la misma manera, pero sin decir una palabra pues la pobre se veía muy asustada.

Tía Lola se metió la carta en el bolsillo y siguió su camino hacia el pueblo. En realidad no se olvidó del incidente, pero al poco tiempo de llegar se distrajo con todo lo que había que hacer: asegurarse de que las habitaciones estuvieran en orden; preparar sus dulces en forma de animalitos; planear los menús de desayuno e ir a comprar los ingredientes necesarios con Víctor. Luego, los niños volvieron de la escuela. Al salir de su trabajo, Mami pasó para recoger al coronel con su maleta. Los huéspedes de prueba llegaron poco después y hubo que instalarlos. Al fin, todos están dándose un pequeño descanso antes de salir a la cena especial que Rudy les tiene preparada en su restaurante a los huéspedes de tía Lola.

Tía Lola examina el sobre que tiene en la mano.

Está dirigido a "El B&B de tía Lola". ¿Cómo supo esta señora de los planes del B&B? No hay un letrero al frente, ni tampoco se ha publicado ninguna noticia en el periódico. De hecho, solo dos personas saben del plan: Rudy, obviamente, porque tenían que comunicárselo para poder organizar la cena especial para sus huéspedes; y Stargazer, que ayudó con parte de la decoración, entre otras consiguiendo las palomitas colgantes, la figura de Big Papi y la lámpara de loro que quedó en la mesita entre las dos camas del cuarto de los abuelitos.

¿Cómo se enteró la señora Beauregard de los planes para el B&B de tía Lola? Solo hay una manera en que tía Lola lo puede averiguar. Su sobrina Juanita tiene grandes dificultades para guardar un secreto. Apenas ayer, Juanita mencionó que había estado con la hija de la señora Beauregard, quien le compró tres de las cajas de mentas con chocolate que Juanita está vendiendo para pagar la excursión escolar de este año. La hija, una adolescente, estaba en el jardín barriendo hojas, y la saludó de lejos con la mano para invitarla a acercarse. ¡Se veía tan solitaria! Lo más extraño fue que le pidió a Juanita que no mencionara la compra delante de su madre, si llegaba a encontrarse con ella.

Juanita no querría lastimar los sentimientos de la chica, pero si llegaba a ver a la señora Beauregard por ahí, al contrario, saldría corriendo para alejarse. De hecho, la única razón por la cual había acudido a las señas de la muchacha desde el jardín era porque ya había visto que la señora se había marchado en su enorme Buick negro.

Tía Lola abre el sobre y despliega la carta. Está redactada en inglés, por supuesto, pero tía Lola alcanza a comprender que la señora Beauregard está muy molesta: su letra parece trazos de cuchillo sobre el papel. Dice algo de "una extranjera abriendo un B&B", y algo más y después "personas como usted impiden que ciudadanos estadounidenses de bien puedan ganarse la vida", y así sigue. Hacia el final de la carta, tía Lola puede distinguir las palabras *report* y *authorities*. ¿O sea que amenaza con denunciarla ante las autoridades? ¿Pero qué mal ha hecho tía Lola para meterse en problemas?

Entonces, piensa si debe darles la carta a los niños o a Víctor para traducirla. ¿Pero por qué arruinar este fin de semana de prueba con noticias desagradables? Una agradable cena los espera en el Café Amigos, y mañana, el cumpleaños de Juanita. Mami y tía Lola han planeado una fiesta en la casa de la granja. Toda la semana Víctor y el coronel y los muchachos han estado tan felices. Tía Lola dobla la carta, la mete en el sobre y se lo guarda en su bolsillo.

∎∎∎

La cena en el Café Amigos no solo es deliciosa sino que además el ambiente es acogedor, como ir a cenar en casa de un amigo, y con la ventaja de que puedes servirte cuantas veces quieras sin tener que pagar más.

Todos se toman su tiempo a la hora del postre, hasta Abuelito y Abuelita, que a esa hora ya suelen estar en cama.

Cuando la conversación empieza a languidecer, tía Lola se retira del restaurante y camina hasta la casa del coronel. Quiere encender las luces exteriores para que sus huéspedes no vayan a tropezarse en las grietas de la acera o a rozar el arbusto espinoso del jardín en su camino de regreso. También va a bajar las persianas en cada habitación y preparar las camas con las sábanas a medio retirar, como en los hoteles de lujo. Y en cada almohada dejará una sorpresita: un conejillo de Indias de caramelo que preparó esta mañana. Será un chiste privado que los niños disfrutarán.

Para sorpresa de tía Lola, la puerta principal está cerrada con llave y la de atrás, luego de probarla, también lo está. Todas las ventanas también. ¿Qué sucede? Ella está segura de que dejó la del frente sin llave cuando se fueron al Café Amigos. Nadie en Bridgeport cierra las puertas con llave, a menos que vayan a estar fuera mucho tiempo, como los que viajan a la Florida antes de la primera nevada.

En unos cuantos minutos los huéspedes del B&B van a aparecer de regreso por la acera, cansados tras el largo viaje y la abundante cena. Lo último que querrán es encontrarse que no pueden entrar al B&B y que tienen que buscar otra alternativa de alojamiento hasta que puedan conseguir un cerrajero al día siguiente. ¿Qué hacer?

Luego de probar con otras ventanas, sin mayor suerte, tía Lola se acuerda de una que seguro sigue abierta. El único problema es que está en el tercer piso, ¡en su habitación del ático! Mientras piensa qué hacer, tía Lola oye el roce de las hojas mientras el viento sopla sobre el arce. Tía Lola habla español y un poquito de inglés, pero hasta ahora no tenía idea de que podía entender lo que dicen los árboles.

—¡Tía Lola, trepa por mi tronco! —dice el arce.

Y ella mira hacia arriba, hasta la punta del alto árbol. Hace ya más de cuarenta y cinco años que ella fue niña y trepaba árboles. *Con paciencia y con calma se subió un burro a una palma*, se dice, uno de sus refranes preferidos.

No está segura de poderse trepar al arce, sin importar con cuánta paciencia y calma lo haga. Pero al menos tiene que intentarlo. Sin duda alguna, Mami verá cualquier fracaso como una prueba de que la idea del B&B es una tontería. Tía Lola tiene que rescatar del desastre este fin de semana de prueba. Se levanta el ruedo de la falda floreada y lo mete bajo la cintura. Después, para invocar la buena suerte, besa la bufanda amarilla que trae al cuello.

—*One, two, three!* —murmura. Pero sigue en el suelo tras contar hasta tres, mirando el gran árbol desde abajo. Pero a lo mejor tiene que contar en español: ¡Un, dos, tres!, y empieza de nuevo. A la cuenta de tres,

38

tía Lola sigue con los dos pies en el suelo frente a la casa del coronel Charlebois.

Pero esa bufanda de la suerte hace cosas maravillosas. Sucede que cuando tía Lola salió del Café Amigos, una persona notó su ausencia. Y sucede que esta persona es un experto trepador de árboles. De hecho, si uno de los deportes en los Juegos Olímpicos fuera trepar árboles, esta persona bien podría competir con muchas posibilidades de llevarse la medalla de oro.

Miguel se apresura calle abajo tras su tía, y en ese momento un carro dobla la esquina e ilumina una figura de pie frente a la casa del coronel. ¡Tía Lola! Parece que acabara de dar un brinco para aferrarse a una rama baja del arce. Ahora está colgando del árbol con cara de asombro. —¡Tía Lola! —la llama Miguel—. ¿Qué estás haciendo?

—Ya ni sé —responde ella. Y ese es el problema. Está a un metro del suelo, con la vida pendiendo de una rama, demasiado mareada para mirar hacia abajo y demasiado asustada para mirar hacia arriba y seguir a la rama siguiente.

Miguel corre hasta donde su tía cuelga del árbol cual adorno de Navidad. Un adorno de Navidad petrificado del susto. —¡Bájate, tía! —le dice.

—¡Pero no quiero bajarme sino subirme! —explica ella. Y luego, de manera muy sucinta, porque no es fácil entrar en detalles cuando uno cuelga de un árbol y poco a poco va perdiendo su punto de agarre, tía Lola le relata a su sobrino el problema. La casa está cerrada por dentro. Necesitan entrar para poder encender las luces y que así sus huéspedes puedan encontrar sin problemas el camino de regreso. La única ventana abierta es la que hay en su habitación del ático, que da hacia este arce.

—Yo me encargo, tía. Tú bájate de ahí, ¿está bien?

Antes de que tía Lola ponga los pies en el suelo, Miguel ya va a medio camino arce arriba. Y al ratito, tía Lola lo oye pasando por la ventana. La luz de su cuarto en el ático se enciende. Instantes después, el pasillo del segundo piso se enciende también, y luego la luz de la entrada en la planta baja. La puerta principal se abre, y su sobrino sale corriendo para ver cómo está ella.

—Ven tía Lola, entremos —dice Miguel, y ayuda a su tía a levantarse.

Al enderezarse, tía Lola se seca el sudor de la frente con su bufanda amarilla. También desaparece su lunar, junto con las gotitas de humedad. —Muchas gracias, Miguel. Nos salvaste del desastre.

—No hay problema, tía Lola. Pero me dejaste con curiosidad. ¿Por qué se te ocurrió cerrar con llave la casa? ¿Te da miedo que haya ladrones en el pueblo o algo así? —no es de las que esperan lo peor de la gente.

Pero en este preciso instante, tía Lola tiene expectativas muy negativas de una cierta persona que bien puede querer que su B&B fracase. Ahora mismo, no quiere hacer que su sobrino se disguste ni tampoco echar a perder el fin de semana. Y tal como se dieron las cosas, esto no fue más que una travesura inofensiva. Al fin y al cabo, ¿qué más puede salir mal?

Además, este no es el momento de resolver el misterio de quién cerró con llave el B&B. Más vale que corran a la casa y preparen todo en las habitaciones, porque justo ahora se acerca por la calle un alegre grupo de gente. El coronel encabeza el desfile, tomado del brazo de Mami y de Víctor. Después vienen Abuelito y Abuelita, tomados de la mano. Las niñas, tía Carmen y Papi cierran el grupo.

Todos están cansados pero tienen la barriga llena y el corazón contento. Frente a ellos está la encantadora casa de estilo victoriano en la cual algunos de ellos dormirán. A su lado se encuentra el majestuoso arce, como los que se ven en los carteles que promocionan las vacaciones en Nueva Inglaterra. La entrada está agradablemente iluminada, y adentro, sus fabulosas habitaciones los esperan, con las camas dispuestas, las persianas bajas y un encantador bicho de Vermont apoyado en cada almohada, para desearles dulces sueños y una noche de descanso reparador.

Tienen por delante dos días de diversión y amistad, un éxito vibrante del fin de semana de prueba. De hecho, cada uno de los huéspedes va a dejar una propina en su mesa de noche y una carita feliz o una nota de "Gracias" en su libretita de la habitación. Y en el buzón de sugerencias, que una Victoria llena de inseguridad y un Víctor siempre preocupado por todo instalaron junto a la puerta de entrada, encontrarán notas animosas diciendo que el B&B de tía Lola tiene que seguir abierto. Solo dos personas saben lo cerca que estuvieron del desastre. Y de esas dos, solo una sospecha quién puede ser la culpable.

capítulo 4

De cómo Juanita huyó ~~de~~ a casa

Juanita se siente triste y apesadumbrada. Es cierto que su fiesta de cumpleaños fue absolutamente fabulosa, pero ahora tendrá que esperar un año entero antes de que llegue la próxima.

Tras ser la protagonista de su cumpleaños, Juanita volvió a ser apenas otra niña más en la multitud. A pesar de que su mamá y Víctor no se han casado, las dos familias siempre están juntas. Miguel sigue siendo el único niño varón, pero ahora Juanita es una de cuatro niñas. No es arrojada como Essie, o tierna como Cari, o responsable como Victoria, así que nadie parece notar a esta tal Juanita. De hecho, Víctor siempre la confunde: —Victoria, ups; Cari, tampoco; quiero decir, Essie; perdona, Juanita.

Solo con Papi, Juanita sigue siendo la única hija. Eso también puede cambiar cuando él se case con

Carmen. ¿Qué pasará si tienen un bebé? ¿Y si es niño? Siempre ha oído que los hermanitos menores son un dolor de cabeza. ¿Y si es una niña? ¿Si resulta ser una hermanita tierna, desafiante y responsable que acapara toda la atención?

¡Quisiera volver a ser una niñita pequeña! Pequeña muy pequeña como cuando vivía en Nueva York y sus papás seguían juntos, y estaba en el kínder con Ming, su mejor amiga, que llamó ayer en medio de la fiesta de cumpleaños. No pudo hablar con ella en ese momento, pero prometió devolverle la llamada.

El domingo por la tarde, después de que Papi y Carmen y sus abuelitos se van, Juanita le pregunta a Mami si puede llamar a Ming.

—¿Ya terminaste tu tarea?

—Todavía no.

—Ya estás mayorcita, Nita, mi corazón. Ya no debería tener que recordarte que hagas tu tarea —suspira Mami, como si el hecho de que su hija haya cumplido diez años el día de ayer ya le resultara agotador.

Al dirigirse al piso de arriba para ocuparse de su tarea, Mami le recuerda algo más: —No te olvides de doblar tu ropa con cuidado para guardarla en las gavetas cuando desempaques tu bulto del fin de semana. Se supone que ya no tengo que estar recogiendo lo que dejas tirado.

Si Juanita hubiera sabido que al llegar a los diez años

recibiría esta larga lista de deberes y responsabilidades, habría renunciado a tan siquiera cumplir años.

—Acuérdate de apagar las luces temprano esta noche. Ahora que eres mayorcita, debes ser capaz de salir a tomar el autobús escolar a tiempo.

La dura labor de ser una niña con edad de dos dígitos ha empezado.

***

Justamente cuando Juanita está terminando su tarea, suena el teléfono. Ya va a medio camino escaleras abajo y oye a su madre que dice: —Déjame ver si está disponible —es como si Juanita fuera la presidente de una compañía y necesitara una secretaria para manejar el horario de sus conversaciones telefónicas.

Mami saca el teléfono de la cocina tapando la bocina. —Es Ming —dice, y luego increíblemente añade—: ¿Ya terminaste tus tareas?

—¡Qué horrible! —se lamenta Ming cuando Juanita le cuenta lo que ha estado sucediendo desde que cumplió los diez años—. Suena como si te tuvieran en la cárcel allá —lo de Ming no es sino simple solidaridad, pero a veces esa comprensión amistosa hace que Juanita se sienta aún peor—. Si mis papás me trataran así, yo... no sé... yo creo que me fugaría de mi casa.

¡Esa es una idea genial! Juanita huirá de su casa. Eso hará que Mami se dé cuenta de que no puede ser tan dura con ella, que apenas acaba de cumplir los diez años. —Pero, ¿adónde puedo ir?

—Puedes venir a nuestro apartamento. Te esconderé en mi cuarto. Te llevaré comida de la que haya en la mesa. Cuando mis papás se vayan a trabajar, podrás salir y juntarte conmigo en el colegio.

Aunque el plan suena descabellado en un principio, empieza a parecer más lógico entre más habla Ming. Si junta todo el dinero que recibió por su cumpleaños, Juanita tiene poco más de cien dólares. Esa suma debe cubrir un pasaje de ida en autobús a Nueva York. Claro que una vez que Juanita está en ese autobús, rugiendo por las autopistas de su imaginación, el plan se desdibuja y la preocupa. ¿Cómo va a llegar desde la estación de autobuses hasta el apartamento de Ming? ¿Cómo va a dejarla entrar Ming sin que sus padres se enteren?

Una vez que termina la llamada, y que Ming no la está animando, Juanita empieza a arrepentirse del plan. No puede evitar acordarse del ataque que sufrió su hermano en la primavera pasada cuando fueron a visitar a Papi y Miguel decidió aventurarse por su cuenta para llegar al Madison Square Garden.

Esa noche, mientras tía Lola la acuesta, Juanita le abre su corazón. Tía Lola no la sermonea para indicarle que ahora que tiene diez años cumplidos no debe andar pensando en cosas tan infantiles como esa. El hecho es que tía Lola la comprende. —Creo que todas las personas deberían huir de su casa al menos una vez en la vida, preferiblemente cuando están jóvenes y tienen mucha energía. Escaparse de casa requiere mucha energía, ¿sabías?

Juanita no tenía idea, pero asiente.

—También te puede dar mucha nostalgia de tu casa —la expresión de tía Lola se torna pensativa—. Mmm, veamos. ¿Cómo podemos aprovechar las partes buenas de escaparse de casa, o sea la libertad, las aventuras, la emoción, sin las partes desagradables, como el peligro, la nostalgia, nadie para prepararnos las comidas ni arroparnos en la cama en las noches?

Juanita se alegra de haberle contado a su tía sus penas. Huir de casa parece mucho más complicado de lo que pensó en un principio. —Tal vez podría escaparme a un lugar cercano, y así podría volver a casa cada vez que quisiera. ¿Qué te parece, tía Lola?

Ella opina que es una solución brillante. —Y se me ocurre el lugar perfecto para que huyas.

—¿De veras?

—¡El B&B de tía Lola! —y pasa a enumerar todas las ventajas de ese plan: el B&B está libre durante la semana; Juanita ya conoce al coronel y a las Espada, así que no tendría que romper ninguna regla importante como no hablarle a extraños; allá recibirá sus comidas; no tendrá que perder días de escuela ni terminará reprobando cuarto curso.

Juanita ya se siente mucho mejor tras rehacer el plan inicial. ¿Y qué pasará con Ming? —Va a desilusionarse mucho.

—Estoy segura de que Ming también tiene sus dudas a estas alturas —dice tía Lola—. Me parece que lo que sucede es que te echa tanto de menos que sería capaz de cualquier cosa con tal de verte.

Juanita también echa de menos a Ming, pero no quiere tener que huir a Nueva York para verla. ¡Sería tan divertido si Ming viajara a Vermont, y las dos escaparán juntas al B&B de tía Lola! Pero los padres de Ming nunca han aceptado las invitaciones de Mami para visitarlos. —¡Es como si Vermont fuera la China continental! —le ha dicho Mami a Juanita.

—¿Y qué le vamos a decir a Mami? —ya que su mamá está siendo tan estricta, Juanita no quiere preocuparla.

—Estás pensando con mucho sentido de la responsabilidad, como una niña de once o doce años —tía Lola está muy impresionada—. Veamos. La mayor parte de los que se escapan de sus casas dejan una nota. Puedes escribirle a tu mami y contarle dónde vas a estar y la manera de encontrarte. También se recomienda que le digas cuándo planeas volver, para que así nadie se vaya a vivir a tu cuarto.

Juanita se incorpora, alarmada. —¡Nadie va a mudarse a mi cuarto! —por el simple hecho de escapar de casa no piensa renunciar a su cuarto.

—Ya lo sé —confirma tía Lola—, por eso es que es importante escribir una nota —su tía retira el pelo de la cara de su sobrina y le planta un beso en la frente. A

Juanita se le cruza por la mente que si escapa, no va a recibir ese beso especial todas las noches.

—¿No puedes huir conmigo, tía Lola? —Juanita sabe que suena cual niña pequeña, pero escaparse de casa no va a ser ni la mitad de divertido si su tía no viene con ella.

—No olvides que tengo que estar aquí con tu hermano —le recuerda tía Lola, y Juanita se desanima—. Pero una vez que tu mami llegue a casa, puedo ir en mi bicicleta al pueblo y quedarme a dormir contigo. Al fin y al cabo, vas a ser la primera escapada de casa que se quede en mi B&B. No quisiera que la nostalgia de casa te obligara a volver demasiado pronto.

¡Por ningún motivo! Juanita debería ser capaz de huir de casa ahora que cumplió los diez años.

●●●

Juanita nunca pensó que escaparse de la casa implicara tantos preparativos. ¿Cuál de sus animales de peluche se llevará? ¿Cuál de sus libros preferidos? ¿Qué ropa se pondrá mientras esté fuera? Y todas esas cosas deben caber en su mochila junto con sus útiles y libros escolares. El plan es que Juanita se baje del autobús escolar con Essie y Cari en lugar de esperar a su parada en la casa de la granja.

Entre tanto, Mami parece estar mejorando. Además de subrayar las responsabilidades que conlleva tener diez años, también le ha dado a Juanita ciertos privilegios: la deja acostarse un poco más tarde o ver películas de temas algo más adultos, como citas amorosas o asesinatos; también la deja usar el brillo de labios que recibió de regalo de cumpleaños, y que tiene un poquito de color.

Pero una vez que uno se enreda en un plan interesante, es difícil abandonarlo. Además, será divertido quedarse en el B&B de tía Lola como huésped. Resulta que Juanita podrá dormir en el cuarto que prefiera. Después, el viernes, tendrá que mudarse al ático con Essie. Será fin de semana de visita de padres en la universidad, y todas las habitaciones están reservadas.

El miércoles en la mañana, Juanita deja su nota de huida pegada en la puerta de su cuarto.

Querida Mami:
   Me estoy escapando de la casa al B&B de tía Lola. Te quiero mucho así que POR FAVOR no vayas a pensar que huyo porque quiero otra mamá. Tan solo necesito algo de tiempo para acostumbrarme a tener diez años.
   Si Ming llama, explícale que necesito tener más edad para que así me dejen huir a Nueva York.
   Bueno, eso es todo. Nada más que creo que mi escapada será hasta el viernes, y luego me quedaré para ayudar en el B&B de tía Lola

durante el fin de semana, y después volveré a casa.

Besos y abrazos,

Nita

P.S. ¡¡¡¡¡No vayas a permitir que NADIE se vaya a mudar a mi cuarto!!!!!

●●●

Esa tarde, Juanita se baja del autobús escolar con Essie y Cari. —¡Oye, Nita! —le grita Miguel—. Esta no es nuestra parada.

—Estoy huyendo de casa —dice Juanita alegremente, por encima del hombro. Tiene que echar mano de todo su autocontrol para no voltear a ver la cara de asombro que pone su hermano mayor.

Juanita sigue a las Espada hacia la casa. El coronel Charlebois está roncando en la sala, y Valentino duerme a sus pies. —Tenemos que guardar silencio —dice Essie, como si Juanita fuera una niñita tonta de cinco años que no se da cuenta de esas cosas. Resulta que Victoria no volverá de su escuela media sino hasta más tarde. Mientras tanto, Víctor está en la universidad, aprovechando que encontró una oportunidad de medio tiempo como entrenador. Y dejó su propia nota en el refrigerador.

Essie pone cara burlona al leerla en voz alta: —Hola, niñas. Bienvenidas. Después de merendar algo, por favor pónganse a hacer la tarea.

¡Juanita no puede creer que incluso después de huir de su casa haya alguien que le recuerde que tiene que hacer la tarea!

—Pero si yo estoy en kínder. No me dejan tareas —Cari hace pucheros como si la estuvieran dejando al margen de algo divertido.

—¿Te quejas de no tener tarea? —Essie mira a su hermanita como si fuera demasiado boba para hacer una tarea si se la dejaran. Y luego, así no más, Essie hace una bola con la nota y la lanza a la basura.

—¡No deberías hacer eso! —Cari va hacia el zafacón, pero Essie se interpone—. ¡Victoria no la ha leído!

—¡Ay, Cari, no seas infantil! Podemos contarle lo que decía, ¿cierto Juanita?

Juanita no sabe qué decir. En parte está de acuerdo con Cari en que uno no debe botar una nota de su papá hasta que su hermana mayor, la responsable de cuidar de ti, la haya leído. Pero Juanita quiere formar parte del mundo adulto en el cual Essie la está incluyendo.

—Vamos a escoger tu cuarto —Essie toma un puñado de galleticas y va escaleras arriba, haciendo mucho ruido para alguien que pretende no despertar al coronel.

Arriba, Juanita tiene un momento de indecisión con respecto a qué cuarto escoger. Su preferido es la habitación romántica. Pero Essie no hace más que decir que si tiene que quedarse un minuto más allí va a vomitar. La habitación con tema de selva tropical es demasiado parecida a la suya, así que Juanita estaría desperdiciando una preciada oportunidad de dormir en un lugar diferente, si escoge esa. En cuanto a la habitación con el tema beisbolero, cuyas maravillas Essie no deja de pregonar, sería como dormir en el cuarto de Miguel.

En ese momento, Victoria llega a la casa, y sube al segundo piso en busca de sus hermanas. —¿Dónde está Papá? —quiere saber—. ¿Dejó alguna nota? —y con eso Cari empieza a contar que Essie la tiró a la basura y que no la dejó recuperarla. Victoria se pone seria y le dice a Essie que ella sabe que no debe hacer eso. Al poco tiempo están peleando, tal como pelean Juanita y Miguel. Pero resulta muy aburrido mirar una discusión en la que uno no está involucrado.

Juanita se escabulle al piso de abajo, pasa de puntillas frente a la sala, se sienta en silencio a la mesa de la cocina, y empieza a hacer su tarea.

❖❖❖

Para la hora de la cena, tía Lola ya ha llegado. Víctor tiene buenas noticias para compartir. Aún no hay certeza total, pero todo parece indicar que su trabajo de medio tiempo como entrenador en la universidad puede convertirse en tiempo completo.

Las Espada aplauden. Pronto Papá tendrá un trabajo, ¡y también un B&B para administrar! ¡Tal vez no van a pasar hambre después de todo!

—Entonces, ¿le vas a contar a Linda que ya no quieres trabajar más como abogado? —pregunta Essie con la boca llena, pero su padre está demasiado contento para notarlo.

—Tan pronto como reciba la oferta por escrito —puede ser que Papá ya no quiera ejercer como abogado, pero sigue pensando como tal, preocupándose por tener una prueba por escrito y cosas por el estilo—. De hecho, voy a pedirles su ayuda para difundir las noticias.

—¿Qué es difundir? —pregunta Cari.

—Difundir es como cuando esparces semillas —su padre hace el gesto correspondiente—. Tiras algo al exterior para que todo el mundo lo vea y se entere.

—Tirar algo —obviamente eso le recuerda a Cari lo que Essie hizo con la nota de Papá. Es una ocasión demasiado tentadora como para dejarla pasar. Cari cuenta lo que sucedió. Hay otra discusión. *Más de lo mismo*, piensa Juanita para sus adentros.

Mientras las Espada pelean, tía Lola y Juanita van al piso de arriba para resolver el asunto de la dormida. Juanita no ha decidido aún cuál será su habitación. ¿Qué opina tía Lola?

—Veamos. Tú tienes tu propio cuarto de selva tropical, y el de tu hermano se parece mucho al de béisbol. Así que, de verdad, la opción más aventurera es la habitación de novios —Essie no podrá burlarse de eso pues, si tuviera otro nombre, con toda seguridad se llamaría Esperanza Aventura.

—Tía Lola, me da tanta alegría que hayas venido —confiesa Juanita, y casi llega al punto de decirle que quisiera estar en casa en su propio cuarto. Tras armar tanto alboroto por la huida, tiene que seguir adelante, aunque sea por una sola noche.

A la hora de acostarse, Víctor pasa a desearle las buenas noches. Se disculpa por las peleas entre sus hijas. —A veces pueden llegar a ser una patada en el fundillo, ¿sabes? —Juanita tiene que admitir que tiene razón—. Pero son buenas niñas. Se calmarán una vez que se acostumbren a Vermont. Mientras tanto, quiero agradecerte, Juanita, porque has sido de gran ayuda y además les das buen ejemplo.

A Juanita se le infla el corazón de orgullo. A lo mejor, incluso si Víctor y Mami terminan casándose, Juanita va a sentirse como ahora: amada y apreciada por lo que es y nada más. Y esa sola sensación bien vale haberse escapado de casa.

●●●

En la tarde del viernes, todos se bajan del autobús escolar en el pueblo, incluso Miguel. Estacionados frente al B&B de tía Lola hay varios carros con placas de otros estados, entre ellos uno del estado de Nueva York. Ojalá fuera el carro rentado de Papi, y Juanita tuviera por delante el fin de semana de su cumpleaños para hacer nuevamente todo lo que hicieron.

Respira hondo. Es otoño. El aire huele a fogatas y

al aroma mentolado de los pinos. Juanita siente una oleada repentina de felicidad. Sí, a pesar del divorcio de sus padres y de haber tenido que mudarse lejos de amigas como Ming, Juanita tiene mucha suerte de haber cumplido diez años y de vivir en un lugar tan maravilloso con tantos nuevos amigos y con tía Lola para ayudar con las dificultades de vez en cuando.

Al entrar por la puerta de la cocina, Juanita oye una voz conocida aunque no sabe bien de dónde. ¿Podrá ser verdad? Solo cuando distingue las voces adultas con su acento chino se da cuenta de que es verdad. —¡Ming! —grita, y entonces corre hacia la sala así como su amiga corre hacia el pasillo gritando: —¡Juanita!

Afortunadamente, el coronel ya se despertó. Si no, podría pensar que estaba de vuelta en un campo de batalla, gritándoles órdenes a sus hombres para empezar una guerra otra vez.

∗∗∗

Esa noche, las dos niñas duermen juntas en la cama con dosel de Juanita en su propio cuarto en su propia casa.

—Esta es la habitación más increíble —ha dicho Ming varias veces—. Si yo tuviera un cuarto como este, jamás me iría de mi casa.

Juanita decide no recordarle a su amiga que fue ella, la misma Ming, la que le recomendó huir. Pero claro, eso fue antes de que viniera a visitarla y viera su fabulosa habitación.

Las luces se apagan pero un resplandor suave llega desde el pasillo. Mami se ha asomado varias veces para decir: —Niñas, mañana será un largo día —pero las dos amigas no pueden evitar seguir conversando hasta la madrugada. Hay tantas historias para contarse. Ming relata cómo sus papás finalmente decidieron venir de visita.

—Tu mamá llamó a la mía y le contó que ibas a huir a Nueva York si yo no venía a verte.

¡Así que había sido Mami la de la iniciativa de esta ocasión especial para Juanita! Sin duda, su cumpleaños se extendió hasta un segundo fin de semana.

—Mi papá llamó a tu papá para pedirle indicaciones de cómo llegar hasta aquí —continúa Ming—. También le preguntó por algún hotel en el cual nos pudiéramos quedar. Tu papá le contó a mi papá que tía Lola acababa de abrir un maravilloso B&B, pero mi papá no lo pudo encontrar registrado en la guía telefónica. Había otro B&B en la carretera cerca de tu casa, así que mis papás llamaron allá.

—¡Ay, no! —dice Juanita—. Ese es el B&B de la señora Beauregard, que no es una persona muy amable. Estoy tan contenta de que no fueran a quedarse allá.

El B&B de tía Lola ya estaba lleno, así que tampoco pudieron quedarse allí. Afortunadamente los papás de Ming al final aceptaron la invitación de Mami para quedarse en la granja. De esa manera, las niñas podrían pasar más tiempo juntas.

—Lo raro es que esa señora Beau-lo-que-sea le

dijo a mi papá que las autoridades habían cerrado el B&B de tía Lola.

—¡Eso es mentira! —grita Juanita. Después recuerda que se supone que debía estar dormida y murmura—: Abrió apenas este fin de semana, y ya está lleno.

—Mi papá dijo que la dueña sonaba extraña. De todos modos, tu mamá dijo que nos encontráramos en el B&B de tía Lola en el pueblo. Me alegra tanto haber venido al fin.

Las dos niñas siguen hablando, luchando contra el sueño porque es tan maravilloso estar juntas otra vez.

—Hay tantas cosas que quiero mostrarte —le susurra Juanita a Ming. Empieza a enumerar todo lo que harán al día siguiente, como visitar la tienda de Stargazer, pasar por el café de Rudy, explorar el ático del coronel Charlebois, y tal vez incluso ir hasta el rancho de caballos de su profesora, la señora Prouty.

Para cuando se vaya el domingo, Ming habrá quedado enamorada de Vermont. Si alguna vez necesita escapar de casa, sabrá adónde ir.

capítulo 5

*De cómo la maestra de kínder de Cari casi
no llega a casarse*

Cari adora a su maestra de kínder. No solo es que
le caiga bien, ni que le guste que no sea una maestra
malhumorada o estricta, sino que la adora. Adora a su
maestra encantadora, de pelo rojo y ensortijado, como
sacada de un cuento de hadas. Y lo que es muy especial
es que la maestra la quiere de igual manera.

Todas las mañanas Cari quisiera llevarle a la señorita
McGregor un regalo. Papá explica que ahora que no
está trabajando como abogado, la familia tiene que
cuidar sus gastos. Entonces Cari tendrá que pensar en
regalos que no cuesten dinero.

Con la ayuda de tía Lola, Cari hace una piñata
sencillísima en forma de manzana, que la señorita
McGregor comparte con toda la clase. Cari también
le lleva a su maestra un ramo de ásteres que floreció
ya tarde en el otoño del jardín de Juanita; una calabaza

que Miguel cultivó en su pequeña huerta; un dulce con forma de conejillo de Indias que tía Lola no usó porque parecía más bien un conejo flacucho; unos botones brillantes de un viejo uniforme que el coronel Charlebois donó muy contento a la causa (así es como habla el señor); y un guijarro que Victoria dice que atrae la buena suerte porque tiene una franja blanca alrededor.

Pero a Cari se le están acabando las ideas de cosas que no cuestan dinero.

Afortunadamente a tía Lola se le ocurre una solución. —¿Por qué no dibujas lo que sea que le quieras regalar a la señorita McGregor y le pides que use su imaginación?

¡Qué excelente idea! Cari empieza por pintar un dibujo de la señorita McGregor tomada de la mano de una niñita de piel canela con el pelo negro y muy liso y grandes ojos café.

El día que Cari le entrega a su maestra este dibujo especial, ella le hace un anuncio a la clase: va a casarse. Cari se emociona mucho y aplaude junto con todos los demás.

Pero al minuto siguiente ya no está tan segura de sentirse feliz con la noticia. Si la señorita McGregor se casa, entonces estará ocupada con el señor McGregor y no... no, un momento, ya ni siquiera será la señorita McGregor. Cari no sabe bien cómo funciona el asunto de los apellidos, pero ha oído a tía Carmen decir que probablemente va a cambiarse el apellido por Guzmán una vez que se case con el papi de Miguel y Juanita. De esa manera, si tienen un bebé, tía Carmen tendrá el mismo apellido que su hijito. Hay otra cosa que no hace feliz a Cari. La señorita McGregor, que puede que deje de llamarse así, podría tener un bebé, y entonces sí que estará tan ocupada que no tendrá ni una mano libre, pues todo el mundo sabe que para cargar un bebé hay que hacerlo con ambas manos, o al menos eso le han dicho a Cari cada vez que ha podido cargar un bebé.

Cada noche, desde que se enteró de la boda, Cari ha pedido un deseo con la velita de cumpleaños que Juanita le dio. Es una de esas velas de broma que Essie consiguió en la tienda de Stargazer, para poner en el bizcocho de Juanita. Uno pide su deseo, y luego sopla y sopla, pero las velas no se apagan. Cari supone que por ser una vela de cumpleaños, su poder de conceder deseos se conserva. Así que antes de ir a la cama, Cari va al baño con Victoria, que enciende la vela, pues Papá les ha dado permiso de hacerlo solo en el lavabo. Entonces, Cari cierra los ojos y desea que la señorita McGregor no se case. Cari trata de soplar la vela, pero parpadea y chisporrotea y sigue encendida, así que repite su deseo una y otra vez.

—¡Caramba, ese sí que debe ser todo un deseo! —dice Victoria al cabo de un rato, y sobresalta a Cari, que abre los ojos. Su hermana mayor tiene una expresión entre preocupada y curiosa, y le insinúa que quiere saber cuál es el deseo. Pero Cari no puede contarle. Los deseos tienen que guardarse en secreto o no se cumplen. Y esta vez Cari sí que necesita que su deseo se haga realidad.

❖❖❖

Tía Lola sabe todo de la boda, porque es amiga de todos los maestros de la Escuela Primaria Bridgeport. Resulta que Maisie (ese es el nombre de pila de la señorita McGregor) se va a casar con Boone Magoon, ¡que es quizás el nombre más tonto que Cari haya oído en su vida! Boone es un granjero joven, y como los granjeros tienen que ordeñar sus vacas dos veces al día todos los días, los recién casados no podrán irse de la granja ni siquiera para una luna de miel de un fin de semana. ¡De hecho, están pensando simplemente en que el juez de paz vaya a la granja y los case allí mismo!

Así que tía Lola propone un plan. Invita a la señorita McGregor y al señor Magoon a quedarse en su B&B con una tarifa muy especial, para recién casados. Y sin cargos extra, podrán casarse en la elegante sala de la casa y el coronel oficiará la ceremonia, ya que es juez de paz. Como seguirán estando en el pueblo, Boone podrá ordeñar las vacas en la mañana, asistir a su boda en la tarde y luego volver al ordeño del anochecer, para después regresar a su noche de bodas en el B&B. La señorita McGregor acepta encantada.

Normalmente, Cari estaría feliz de que alguien

especial se quedara en el B&B. Es como tener un invitado a dormir en casa. Pero Cari no quiere que su maestra se case. Así que recibirla para su luna de miel en el B&B de tía Lola va a ser como golpearse en una herida que ya está sanando de manera que vuelva a sangrar de nuevo.

Cada vez que surge el tema de la boda, Cari hace pucheros. —Pero pensé que te iba a entusiasmar —dice Papá desconcertado. Está muy contento preparando las habitaciones para los invitados a la boda (los papás de la señorita McGregor viajarán en carro desde Maine y su hermana volará desde Los Ángeles). Por supuesto que la pareja se quedará en la habitación nupcial. —¡Qué magnífica idea fue decorar este cuarto de esa manera! —exclama Papá. Victoria le responde con una sonrisita de "te lo dije", pero tiene la amabilidad de no decir nada en voz alta—. ¿No fue una gran idea de tu hermana mayor? —añade Papá, tratando de incluir a una Cari sombría en la conversación.

—¡Me parece que es una tontería! Es una idea tonta. Un cuarto tonto. ¡Tonto, tonto, tonto! —a Cari se le agotan las cosas que puede llamar tontas, con lo cual termina por sentirse tonta ella misma. Además de eso, recibe un regaño de Papá por esa manera tan poco amable de responder, y luego la manda para su cuarto hasta que se tranquilice, y eso es lo más tonto de todo.

A comienzos de la semana, la señorita McGregor pasa por el B&B de tía Lola para acordar los últimos arreglos. Lleva unas invitaciones en blanco que consiguió en la tienda de Stargazer. Victoria, que tiene una letra muy bonita, acepta ayudarle a llenarlas. Mientras tanto Papá, que tiene una letra terrible pero es muy bueno para lamer sobres, las cierra. El resto del grupo se dirige al piso de arriba para limpiar las habitaciones y hacer una lista de las cosas que aún se necesitan.

Los únicos que asistirán a la ceremonia en la sala del coronel serán la familia del novio, los papás y la hermana de la señorita McGregor, los Espada, los Guzmán y, claro, tía Lola. Pero Rudy ofreció su restaurante para la fiesta después del enlace. En lugar de regalos, la pareja pidió que los invitados llevaran su platillo casero preferido, con la receta incluida. Al fin y al cabo, nadie estaba esperando que lo invitaran a último momento a una boda que de otra forma se hubiera celebrado en un establo entre cientos de cabezas de holsteins y jerseys si tía Lola no hubiera acudido al rescate.

La última invitación que Victoria llena es la de la familia Magoon. La señorita McGregor dice que es para que los papás y la hermana de su novio tengan un recuerdo de la boda, pues resulta que el padre de Boone ya no puede trabajar en el campo por cuenta de su artritis, y que su hermana debe andar en silla de ruedas debido a un accidente automovilístico. Y la madre debe ocuparse de ambos. Victoria se entera de todos estos detalles a través de la señorita McGregor, mientras trabajan juntas en la mesa de la cocina.

Victoria no puede impedir que se le escape un suspiro. Este par de jóvenes se enamoraron en medio de todas esas circunstancias tan tristes, y es un poco como la desventurada historia de Romeo y Julieta. ¡Qué bien que tía Lola hubiera pensado en organizarles un paquete especial de boda! Victoria agrega florituras a las letras que detallan dónde y cuándo será la ceremonia y la recepción subsiguiente. Antes de entregarle a Papá la invitación para que selle el sobre, la rocía con el spray ambientador de rosas que compraron para la habitación romántica.

—¿Dónde está una de mis alumnas favoritas de kínder? —pregunta la señorita McGregor una y otra vez. Es extraño que Cari no haya bajado a saludar a su maestra adorada. Varias veces Papá va a llamarla desde el pie de la escalera, pero Cari está en la sala, absorta en los ronquidos que emite el coronel desde su mecedora. Por último, cuando el equipo dedicado a la limpieza regresa al piso de abajo tras haber terminado su labor y Cari no viene con ellos, Papá va a buscarla. La encuentra acurrucada junto a la oscura chimenea, aferrada a Valentino como si fuera su tabla de salvación.

Papá le hace señas para que salga al recibidor sin despertar al coronel. —Caridad Espada, te he llamado varias veces. ¿Por qué no has contestado? —Papá nunca la llama por su nombre completo, a menos que esté en problemas.

Cari se encoge de hombros. No ha contestado porque no quiere ir a la cocina a oír una vez más todo el asunto de la tonta boda de su maestra. Es como tener una herida, golpeársela una vez por error y luego golpeársela de nuevo. ¿Cómo va a sentirse mejor si por todas partes adonde mire se encuentra con detalles de la boda, incluso cuando llega a casa de la escuela?

—Eso de encogerse de hombros no es una respuesta aceptable —le dice Papá con su tonito de abogado. Y luego, en su voz más amable de Papá, añade—: Es la señorita McGregor, tu maestra preferida, ¿lo recuerdas? ¿No quieres venir a saludarla?

Cari niega. —No quiero entrar a esa tonta cocina.

—Me parece que la palabra "tonto" se ha usado demasiadas veces en los últimos días —dice Papá, otra vez con su tono de abogado—. Creo que es hora de que declaremos una moratoria para esa palabra y busquemos formas más amables de expresar lo que nos molesta.

Cari no tiene idea de lo que es una "moraloria", pero no va a preguntarle a Papá porque si abre la boca sabe que va a estallar en llanto.

Tras expulsar esa complicada palabra de su mente, Papá se arrodilla en el piso para quedar al nivel de Cari. Se nota que está preocupado. —Sé que hay algo que te molesta, mi Cari. ¿Pero cómo quieres que yo o tus hermanas o tía Lola o la señorita McGregor te ayudemos si no nos cuentas qué es?

Valentino camina hacia Cari y le lame la mano.

Quiere que lo incluyan en la lista de los que están dispuestos a ayudar a Cari en lo que sea que le molesta.

Cari está tan cabizbaja que casi que se toca la barbilla con el cuello.

Papá titubea, y luego pregunta con voz triste:

—¿Acaso no te gusta Vermont? ¿Quieres volver a Queens?

No, no es eso, para nada. Cari niega con la cabeza. No quiere volver nunca a Queens. Le encanta Vermont. Le encanta estar en kínder. Pero no quiere que nada cambie. Cuando las cosas cambian es que le da miedo o se siente triste. Como cuando murió su madre, aunque ella en realidad no lo recuerda. O cuando Lupita, su adorada niñera de Queens, se fue a Carolina del Norte porque se casaba con su novio militar.

De pensar en esos cambios tan tristes, Cari empieza a sollozar tan fuerte que su papá tiene que esperar a que se calme para poder entender lo que dice.

—Es que no quiero que la señorita McGregor se case. Quiero que sea mi maestra siempre. No quiero tener que decirle señora Magoon.

En lugar de consolarla, ¡Papá se ríe!

—Me dijiste que te contara para ayudarme. No está bien que te rías.

—No me estoy riendo de ti, mi Cari. Y te voy a decir la verdad: a veces no podemos hacer nada para evitar que haya cambios —la voz de Papá de repente suena un poco nostálgica—. La buena noticia es que el tiempo lo sana todo, desde las heridas pequeñas hasta las más grandes. Ayudar a otros también sirve mucho cuando estamos tristes. ¿Qué dices de venir a la cocina a ayudarnos?

Cari entra a la cocina con timidez, escondida tras las piernas de su Papá. Todos le dan una ruidosa bienvenida, como si le hubiera dado la vuelta al mundo y acabara de volver, sana y salva. La señorita McGregor incluso se agacha a darle un fuerte abrazo. Y luego Papá le deja su exclusiva tarea: lustrar y pulir un juego de cubiertos ennegrecidos, en su caja forrada de terciopelo, que el coronel no ha usado desde su niñez en casa de su madre. En caso de que Rudy necesite más cubertería es bueno estar preparados.

—Cari es excelente con los cubiertos —presume su padre. Le deja un trapo y un frasco de líquido para lustrar platería en un extremo de la larga mesa. En el otro extremo, Victoria y la señorita McGregor están terminando las invitaciones. Cari se sorprende de lo divertido que es lustrar la plata... frotar y frotar cucharas, tenedores y cuchillos ennegrecidos, tal como Aladino con su lámpara maravillosa. Cuando termina con la última cuchara, la sostiene frente a ella y, como espejo deforme de feria, ve su aaaaaamplia cara acanelada que le sonríe como una tonta en el reflejo.

***

El viernes, cuando Cari regresa a casa con Essie en el autobús, encuentran al coronel Charlebois durmiendo la siesta en la sala. Papá no está y Victoria aún no ha vuelto de su escuela, donde la jornada es un poquito más larga. Pero hay una nota en el refrigerador que Essie lee en voz alta: "Hola a todo mi equipo del B&B. Estoy en entrenamiento. ¡Ya saben qué es lo que tienen que hacer! Volveré a las seis. Todo mi amor, Papá".

—¿Qué crees que quiere Papá que hagamos? —le pregunta Cari a Essie.

Su hermana se encoge de hombros. —Hacer la tarea, ¿qué más?

—Pero a mí no me dejan tareas en kínder —Cari tiene que recordárselo todo el tiempo a todo el mundo. A lo mejor la gente que sí tiene que hacer tareas no se vuelve más inteligente por eso.

—¡Además es viernes! ¡Papá está otra vez en las nubes! —determina Essie con una voz que suena muy adulta—. Está tan contento como entrenador que parece un niño en una tienda de dulces.

—¿Tú crees que algún día vuelva a ser abogado? —Cari sabe que ese era el trabajo de Papá en la ciudad, y que aquí, en Vermont, cambió de idea con respecto a lo que quiere ser cuando sea grande. Ese cambio podría dar miedo, pero por alguna razón no sucede así. Cari no sabe bien por qué.

—No hay forma de que Papá vuelva a ser abogado. Ya no soporta el trabajo de abogado —ahora que Essie está en sexto curso ha empezado a usar un montón de palabras largas y sonoras—. Además, le encanta ser entrenador y ayudar con el B&B de tía Lola. No lo había visto tan contento desde... no sé desde cuándo —y luego se le sale una comparación que ha tratado de evitar—: Desde antes de que Mamá muriera.

De repente Cari entiende por qué todos los cambios recientes no han dado miedo: porque han hecho feliz a Papá, y eso las hace felices a todas. Así que puede ser que cuando la señorita McGregor se case, ella y su marido sean tan felices que va a sobrar mucha felicidad para repartir a todo el mundo, incluida Cari. No está segura de cómo es que ha sucedido, pero en los últimos días, al estar tan ocupada puliendo la platería y ayudándolo a Papá, y viendo a la señorita McGregor toda emocionada en la escuela, ha dejado de lamentarse. Por la noche, Victoria tiene que recordarle de su vela de los deseos, pero Cari ya no desea más que su maestra no se case.

—Es tu turno —le dice a Victoria—. Pide un deseo tú.

● ● ●

Es sábado por la tarde y los invitados a la boda están todos reunidos en la sala.

El enorme reloj antiguo da las tres de la tarde, y luego muestra las tres y diez, las tres y cuarto. Los invitados se inquietan.

Arriba, la novia va y viene por su habitación, pisoteando los pétalos de rosa. —¿Dónde estará? —pregunta, a nadie en particular. Cada tanto, manda bajar a su paje para averiguar si el novio y su familia ya llegaron.

Cada vez que Cari corre escaleras arriba con la noticia de que no hay noticias, teme ver la infelicidad pintada en la cara de su maestra. Es una cara que Cari conoce de memoria luego de todo un mes en kínder. La señorita McGregor se ve aún más descontenta que cuando tiene que recordarle a Leo Pellegrini por cuarta vez en una mañana que para poder hablar tiene que levantar la mano y esperar que le indiquen que es su turno.

Por último, la señorita McGregor baja a la cocina para llamar a su futuro marido y recordarle que esa tarde es su boda. Pero nadie responde en su casa, y no tiene una máquina contestadora, así que la maestra no puede dejar un mensaje.

—A lo mejor tuvo una emergencia, ¿no crees? —aventura Papá. Al fin y al cabo, con un padre enfermo y una hermana en silla de ruedas, cualquier cosa podría pasar.

—Pero al menos podría llamar y avisarnos —dice la novia, con un mal genio que Cari jamás antes había oído en la voz de su maestra.

—No puedo creer que no tenga celular —dice su hermana, y mueve la cabeza con incredulidad. Eso debió ser una señal de advertencia desde un principio. Todo el mundo en Los Ángeles tiene celular.

—Lo lamento mucho —la señorita McGregor se disculpa como si fuera su culpa—. Supongo que no estaba listo para casarse conmigo —la voz se le quiebra. Las lágrimas le ruedan por su linda cara.

Cari se siente terriblemente culpable. Sabe quién es la causante de todo esto, sabe que no es el novio. Es Caridad Espada, que se pasó toda una semana pidiendo el deseo de que su maestra no se casara, con una vela de las que nunca se apagan. Y aunque en los últimos días dejó de desearlo, probablemente era muy tarde para las hadas que cumplen los deseos y ya lo tenían todo organizado para que la señorita McGregor no se casara.

Cari no soporta ser testigo de las consecuencias de su egoísmo ni un minuto más. Sale de la casa sola, sin abrigo y se sienta en los escalones de la entrada, temblando en su ligero vestido de fiesta con su corona de rosas de seda. A lo mejor se muere de "pumonía", o como se llame esa enfermedad. Antes de darse cuenta, empieza a lloriquear, y poco le importa si la gente que llega al pueblo, y que pasa por ahí, la ve y considera que se porta como una bebé.

Tanta es su desesperación que las lágrimas le nublan la mirada y oye más que ver una enorme camioneta roja con una silla de ruedas que se detiene en el césped frente a la casa. Un hombre joven se baja del asiento del conductor y deja a los demás pasajeros adentro. Sostiene un sobre blanco y respira agitadamente, como si fuera a sufrir un ataque al corazón antes de que Cari llegue a enterarse de por qué está tan alterado. —¿Aquí es donde va a celebrarse la boda? ¿Está Maisie aquí? ¿Maisie McGregor?

Cari se levanta de un salto: —¡Sí! ¡Sí! —baja a toda prisa los dos últimos escalones y toma al novio de la mano. Juntos, entran a la casa corriendo, y el hombre grita por encima de su hombro: —Regreso tan pronto les explique lo que sucedió.

Es un momento impactante que Cari nunca va a olvidar: el novio que irrumpe en la cocina, con una dolorosa cara de preocupación; la novia llorosa que se pone de pie, mitad aliviada, mitad enojada y su otra mitad, porque Cari no sabe que solo puede haber dos mitades pues aún no ha aprendido fracciones, esa otra mitad presta a cancelar la boda por más que la mate de tristeza: sus tres mitades muriendo por un corazón partido.

El novio ni siquiera trata de explicar. Se acerca a ella a toda prisa y la toma en sus brazos, secándole las lágrimas con besos. Todos salen a hurtadillas para que los jóvenes enamorados tengan un momento a solas para reconciliarse. Todos menos un perro de celebración de bodas con un lazo de satín blanco en el cuello, y un paje que se queda a hacerle compañía bajo la mesa de la cocina.

Más tarde, cuando se relata la historia para todos, la pregunta sigue en pie: ¿quién cambió la dirección en la invitación de la familia del novio? Ahora Cari viene a enterarse de que la familia de Boone recibió la invitación, pero la dirección que daba para el lugar de la ceremonia no era la de la casa del coronel en el pueblo sino otra diferente, en el campo. (Le muestra la invitación a la señorita McGregor como prueba). Boone creyó que había entendido mal, y que la boda sería en la antigua casa del coronel, en la granja. Así que se fue en su camioneta al lugar que indicaba la invitación: una casa medio destartalada, con la pintura descolorida, con un letrero de B&B en el jardín delantero. Tocó y tocó a la puerta y nadie respondió. Para entonces, eran casi las tres de la tarde, y entró en pánico. No tenía un celular para poder llamar al coronel Charlebois para averiguar dónde diablos debía ir. Decidió irse a dar vueltas por el pueblo con la esperanza de encontrar una casa frente a la cual hubiera muchos carros estacionados, que pareciera una celebración de bodas.

—Después, ¿te acuerdas de ese dibujo que me mostraste de una de tus alumnas, una linda niñita que te agarraba de la mano? Bueno, pues vi a esa niña con un vestido de fiesta y una corona de flores frente a esta casa y por eso me detuve. Y sin vacilar ella me dijo que tú estabas allí —deja escapar un largo suspiro—. ¿Aún querrás casarte conmigo? ¿Por favor, Maisie?

Antes de que la señorita McGregor pueda rechazarlo, Cari sale de debajo de la mesa. —Diga que sí, señorita McGregor, por favor. ¡Todo es culpa mía por desear que no se casara!

Tanto la novia como el novio quedan sin palabras ante el arranque de esta inesperada testigo. Y luego la expresión de la maestra se relaja para convertirse en una sonrisa suave. —No es tu culpa, Cari. Boone tiene razón, mira —le muestra la invitación, olvidando que Cari está en kínder y que aún no sabe leer bien. Pero lo que sí sabe es reconocer la letra de su hermana, y la de esa tarjeta es diferente sin duda. Parece como si alguien hubiera tachado con corrector blanco un error, y hubiera escrito encima de ese parche con un marcador de punta muy fina.

La señorita McGregor le planta un beso a Cari y le agradece por devolverle a su novio. —¡Ahora, sigamos con la ceremonia y acabemos antes de que las vacas empiecen a volver a casa para el ordeño!

El novio sale para buscar a su familia que sigue en la camioneta y los lleva a la sala de la casa. Mientras tanto, la novia se retoca el maquillaje en su habitación y tía Lola sube las escaleras para avisarle que ya es hora. En realidad, la hora pasó hace rato, pero a todos se les olvidó el incidente en la felicidad del momento. A todos menos a tía Lola, que ya vio esa invitación con el parche blanco para encubrir la verdadera dirección y sospecha quién puede haber querido arruinar su primer fin de semana nupcial en el B&B.

—¿Estás lista? —le pregunta tía Lola a la joven novia, que sonríe radiante como respuesta.

Entonces la señorita McGregor, que pronto será la señora Magoon, besa a su hermana y busca la mano de Cari y la aprieta cariñosamente. —Estamos listas, ¿cierto?

Cari asiente. Está lista para dejar que su maestra se convierta en la esposa del señor Magoon.

capítulo 6

De cómo a Victoria se le cumplió su deseo y hubiera querido que no fuera así

¡Por favor! Victoria no puede creer lo que sus deseos con la vela de cumpleaños le han traído, y todo por complacer a su hermanita.

Lo único que pidió fue que una familia con un hijo adolescente y guapo fuera a quedarse al B&B.

Aquí llega una *van* con el nombre y el logo de una universidad en la puerta lateral. De ella salen no uno ni dos ni cinco sino siete muchachos, y ocho contando al entrenador. Este debe ser el equipo de waterpolo del cual Papá recibió una llamada anoche. El entrenador no pudo conseguir alojamiento para los quince miembros del equipo, así que llamó al entrenador del equipo local, que sabía de un B&B que acababa de abrir. A lo mejor allí habría habitaciones libres.

Victoria no estaba prestando atención cuando entró la llamada. Acababa de colgar con Melanie, una de sus nuevas amigas, que estaba lloriqueando porque el muchacho de octavo curso que tanto le gustaba había invitado a otra chica de séptimo curso al cine y no a ella. En otras palabras, Victoria estaba en medio de una situación de emergencia sentimental, y Papá iba de un lado a otro, haciéndole gestos para que se despidiera de una buena vez.

La vida en séptimo curso parece tener un montón de estas crisis... al menos para sus compañeras. Victoria no tiene permiso para salir con chicos, y cuando trata de enfrentar a su papá para preguntarle cuándo levantará ese veto, él empieza a hablar difusamente de la cantidad de tiempo que tiene por delante para esas cosas.

Entonces no resulta raro que Victoria se haya resignado a pedir deseos con velas de cumpleaños ajenas para que lleguen al B&B huéspedes con hijos adolescentes. Es patético, según ella. Pero Papá no lo considera así. El único beneficio de estar fuera de todo el juego de citas y salidas es que todas las chicas de séptimo que tienen problemas terminan contándole sus confidencias a ella. Y entonces, una vez que encontró una manera de encajar en el entorno, Papá la echa a perder al establecer la regla de las llamadas de cinco minutos y no más.

La noche anterior, hablando con su amiga Melanie, Victoria sabía que había superado ese límite por mucho. Y que se lo iban a hacer saber tan pronto como colgara. Su papá empezaría a sermonearla con eso de que esta era la casa del coronel (cuando en realidad al amable anciano le importa un bledo que Victoria esté al teléfono) y de que Victoria, cerca de cumplir trece años, debía mostrarse más considerada.

Pero tan pronto como Victoria colgó, el teléfono timbró de nuevo. Papá contestó, y en lugar de decir: "Hola, Melanie" dijo: "Sí, soy yo". Victoria voló escaleras arriba, para que cuando Papá terminara de hablar y subiera para conversar con ella, la encontrara haciendo su tarea, cosa que no iba a querer interrumpir. A Papá le parece muy importante que sus hijas hagan sus tareas.

Pero Papá nunca subió. Victoria lo oyó en el segundo piso, preparando las habitaciones. Pensó en bajar a ayudarlo pero decidió que sería como prestarse a que el sermón siguiera. Así que se enteró a través de Cari, que confundió los detalles del asunto: unos entrenadores de waterpolo iban a reunirse a jugar cartas en el pueblo (Cari no entendió que cuando hablaron de una partida, se referían a un juego entre dos equipos). Victoria se imaginó a una serie de señores mayores con barriga cervecera, contando chistes pesados que ella tendría que fingir que le parecían graciosos.

Velozmente, pues los muchachos ya están en la puerta, Victoria pasa por el baño para arreglarse el pelo. Además quiere asegurarse de que su mandíbula ha vuelto a su lugar, para no bajar a darles la bienvenida al B&B con una bocaza abierta, como si jamás hubiera visto a un chico en su vida.

Al bajar la escalera, puede ver lo que sucede en la sala. El coronel Charlebois increíblemente ronca a pesar de la conmoción que hay en el recibidor. Durante unos instantes, Victoria piensa en el anciano señor. Ya van varias veces en los últimos días que tía Lola comenta que está preocupada por él. Ha estado durmiendo demasiado. A lo mejor está deprimido, o enfermo, o ha tomado demasiadas pastillas, o algo así.

En el recibidor, Essie ya comenzó con su retahíla de bienvenida. —El histórico B&B de tía Lola fue fundado por una descendiente directa de Cristóbal Colón —si Papá pudiera oírla, empezaría con su propia retahíla sobre la precisión histórica. Claro, Essie podría defenderse diciendo que tía Lola viene de República Dominicana, que es donde Cristóbal Colón puso pie por primera vez en continente americano, y que la misma tía Lola ha dicho que casi todos los habitantes de la isla son primos suyos.

—¡Eh, Eh, Eh! —uno de los muchachos ha visto a Victoria. Tiene pelo castaño muy ensortijado y una sonrisa pícara—. ¿Y quién es ella?

—Es mi hermana —dice Essie, como si estuviera señalando dónde queda el baño.

—¡Hola, hermana mayor! —dice el mismo tipo. Seguro que es un fanfarrón. A lo mejor es el capitán del equipo o algo así.

—Mi papá está en un entrenamiento de fútbol, pero volverá para la hora de la cena —sigue Essie—. Dijo que se instalaran como en su casa. Tenemos tres habitaciones, y colchones de aire y demás. También tenemos más espacio en el ático, si llegan a necesitarlo.

—Pueden quedarse en mi cuarto si quieren —dice Victoria sin pensarlo, y al momento siente que le arden las mejillas y que habló de manera demasiado ansiosa—. Yo puedo quedarme en el cuarto de mi hermanita —agrega ya más calmada.

—¿Y qué tal quedarme en tu habitación contigo en ella? —habla el mismo muchacho. Sus compañeros de equipo sueltan la carcajada. ¿Perdón? ¿Eso fue chistoso?

—¡Te pasaste, Cohen! —lo regaña el entrenador—. Le debes una disculpa a la señorita.

Cohen baja su ensortijada cabeza y murmura algo, tal vez una disculpa. Pero el daño ya está hecho. Todos sus compañeros miran y repasan a Victoria como si fuera un menú del cual van a ordenar algo. Ella se siente mortificada. Hasta este momento, no tenía idea de las reservas de valor que se requerían para enfrentar a siete estudiantes universitarios sin verse como un animalito deslumbrado por las luces de un carro en la noche.

Cuando suena el teléfono y resulta ser Melanie, Victoria de alguna forma vuelve a entusiasmarse con eso de que su deseo se hizo realidad. —Sí, son siete. Van a compartir habitaciones. El entrenador y otro van a quedarse en mi cuarto.

—¡Qué suerte tienes! —suspira Melanie—. Ojalá mis papás tuvieran un B&B.

—Ya lo sé —admite Victoria. Pero en verdad lo que

quisiera decir es "ten cuidado con lo que deseas". Otra moraleja de este día iluminador: la buena suerte está en el ojo de quien la busca.

✹✹✹

Es viernes en la noche. El equipo de waterpolo sale a entrenar y familiarizarse con la piscina de la universidad. Papá pregunta si puede ir con ellos, y Miguel y Essie se unen al grupo. Eso deja a Victoria, tía Lola, Linda y a las niñas menores libres para jugar dominó con el coronel en la sala. Se sientan, conversan y toman un té de jengibre que tía Lola preparó especialmente para el coronel.

—Mmm, qué bueno —asiente el coronel con agrado—. Mucho mejor que el de siempre —durante el día bebe el té de un termo que su chica de la limpieza le prepara.

Esta noche el coronel se ve muy vivaz. ¿A lo mejor eso es lo que ha estado echando de menos el pobre señor? ¿Algo de atención? Es lo que espera tía Lola. Quiere averiguar por qué lo ha visto tan cansado últimamente. Se siente responsable con todo el plan del B&B. Tal vez Linda tenía razón en un principio, y tanto ajetreo ha sido demasiado para el anciano señor. Si así fuera, tía Lola está más que dispuesta a cerrar el B&B y no arriesgar la buena salud física y mental del coronel.

El teléfono no para de sonar, y eso solo podría

volver loco a cualquiera. Las llamadas siempre son para Victoria. Aunque le contó solo a Melanie lo del equipo de waterpolo, esta no puede mantener la boca cerrada, y al poco tiempo la mayoría de sus amigas mutuas están llamando a Victoria para confirmar la historia.

—Perdón —se disculpa Victoria después de la última llamada.

—Parece que eres una jovencita muy popular —anota el coronel con cierta galantería—. Me siento muy honrado porque tengas una noche libre para dedicarnos a nosotros.

—Son solo amigas —Victoria no tiene intención de hacer quedar a sus amigas como ciudadanas de segunda categoría, sino dejar en claro que las llamadas no son de índole romántica, como probablemente se imagina el coronel—. Mi papá no me permite tener citas —añade ella, con una mueca.

—¿Tener citas? —Linda se ve perpleja—. ¡No me digas que hoy en día los alumnos de séptimo curso ya tienen citas!

—Todos menos Victoria Espada —dice Victoria con voz apenada. Es una cosa más que la distingue de sus compañeros, además de ser la única cuya mamá ya murió, y la única de su clase con piel de color canela... resulta que en Vermont es exótico ser hispano. Cuando a eso se le añade un padre estricto que opina que las citas son solo para gente mayor (como él y Linda), Victoria no tiene la menor posibilidad de ser como todos los demás.

Linda mira a su hija: —¡No me vayas a salir con esas ideas, Juana Inés!

—¡Maaaaami! —se queja Juanita—. ¡Si apenas estoy en cuarto! Además, ¿quién tiene ganas de salir con un muchacho espantoso?

—Espantoso, horroroso —Cari mueve la cabeza de un lado a otro, con el ritmo de las sílabas.

—Todo parece indicar que ustedes dos tendrán ganas cuando estén en séptimo —dice Mami suspirando. Pero después, como quiere que Victoria perciba que puede confiar en la nueva novia de su papá, añade—: ¿Y de verdad quisieras salir con muchachos?

Victoria no está segura de si lo que quiere es poder salir, o nada más poder hacer lo mismo que sus compañeras. ¿Qué tal que pudiera salir con este muchacho Cohen si él la invitara? Espantoso y horroroso, eso es lo que sería.

—Si yo fuera joven de nuevo, ya sé a quién invitaría a salir —le dice el coronel con una chispita en la mirada. Victoria le responde con una sonrisa agradecida. No puede explicarlo bien, pero cuando el coronel le dice un piropo ella se siente muy especial, en comparación con ese comentario tan burdo de Cohen.

—Pero esas épocas ya pasaron para mí... —el coronel suspira hondo.

La frente de tía Lola se llena de arrugas de preocupación. —¿Cómo se siente usted en estos días, coronel? No parece el mismo de antes.

—No empiece a angustiarse por mí —dice el

coronel con brusquedad, pero es evidente que la preocupación de tía Lola lo emociona—. Nada más me siento un poco fatigado, eso es todo. Y no, no tiene nada que ver con su B&B ni con mis maravillosos compañeros de casa. Me imagino que ahora que la temporada de béisbol ya pasó, no tengo muchas cosas qué hacer. Me siento por ahí y dormito. Trato de leer, ¡pero tengo la vista tan mala!

—Tengo una idea —interviene Victoria. Ha estado sintiendo punzadas de vergüenza porque llevan casi dos meses viviendo en casa del coronel y ella no recuerda cuándo fue la última vez que se sentó a conversar con el anciano señor. Ha sido tan fácil pasarlo por alto con todo el ajetreo de la mudanza a Vermont, una nueva escuela, nuevos amigos, el B&B, cuidar a sus hermanas menores. Pero esa no es razón para ignorarlo—. ¿Qué tal si le leo un poco todos los días? Tal vez el periódico, o un libro de historia —a su papá le encantaría eso. Le parece importantísimo que sus hijas conozcan los hechos del pasado.

—Ese es un ofrecimiento encantador, querida niña —los ojos del coronel se nublan—. Pero tú eres una señorita muy ocupada.

—No, no es verdad —dice ella con una sorprendente determinación. Su padre ha notado con frecuencia que su hija mayor, tan dulce y flexible, tiene una voluntad de hierro una vez que toma una decisión—. Y así puedo aprender sobre los acontecimientos históricos y cosas así —el ofrecimiento en sí es genuino, pero lo que le sigue son tonterías y el coronel se da cuenta de la diferencia—. En serio, va a ser divertido —agrega Victoria con calidez convincente.

—Muy bien, entonces tenemos una cita. Pero con dos condiciones: la primera, que pago por este servicio de lectura. La segunda, ya he tenido suficiente de historia en mi vida. Tal vez algo de novela romántica me haría bien, o a lo mejor ese tal Harry Potter —le hace un guiño a Victoria—. ¿Quién sabe? —añade, mirando a tía Lola—. Entre los tés de jengibre de la una y las lecturas de la otra —le hace un amable gesto a cada una—, ¡para Navidad estaré también bailando merengue!

Cuando el teléfono suena una vez más, Victoria se apresura a contestar. Pero resulta ser para el coronel: —La muchacha de la limpieza —dice Victoria, volviendo a la sala.

El coronel se levanta sin muchas ganas de su silla. Le ha dicho a la muchacha que ya no necesita que limpie toda la casa. La familia Espada ha insistido en hacer los oficios domésticos como manera de compensar al coronel por no estarle pagando alquiler. Sobra decir que la chica no está para nada complacida.

—Mi madre va a matarme si pierdo este trabajo —le ha dicho al coronel. En parte para ayudarla, y también porque en el fondo el hosco señor es un encanto, la ha mantenido a tiempo parcial para lavarle y plancharle la ropa, ocuparse de sus cosas, etc. Sale y entra de casa tan calladamente que nadie más que Papá y el coronel la han notado.

Afuera, en el teléfono del recibidor, parece que el coronel está ultimando los arreglos para la limpieza de mañana. —Muy bien, señorita Beauregard. Mis recuerdos a su madre.

Tía Lola pega un brinco, como si acabara de sentarse en el cojín de pedos que tiene Essie. La hermana de Victoria considera que es una broma divertidísima. Victoria piensa en preguntarle qué sucede, pero tan pronto como el coronel cuelga, el teléfono suena de nuevo. —Ah, buenas noches, Melanie —dice—. Deja ver si está disponible.

●●●

Sábado por la mañana, tras dormir en el B&B, el equipo de waterpolo baja las escaleras en medio del alboroto para ir a desayunar. Devoran los *pancakes*, se ríen ruidosamente, se tiran las servilletas de un lado a otro de la mesa. *Parecen cachorros*, piensa Victoria, pero hasta Valentino se portaba mejor cuando cachorro.

El equipo tiene unas cuantas horas libres antes del partido, que será esta tarde. —¿Algún lugar *cool* que debamos visitar? —le pregunta Cohen a Victoria, levantando una ceja en forma insinuante, como si ella debiera saber lo que quiere decir. Para aplacarlo, Victoria le dice que hay un fantástico museo militar al cruzar el lago, en el fuerte Ticonderoga. —Allí se puede aprender un montón de historia y otras cosas. En serio —añade porque el tipo la mira como si ella acabara de caer del espacio exterior.

Resopla y mira de reojo a sus compañeros, que resoplan en respuesta. Parece que fueran una piara de cerdos. —Debes estar bromeando —dice al fin.

—Victoria está en lo cierto —interviene su padre. Le sorprende la recomendación que acaba de hacer su hija mayor, pues nunca le ha interesado especialmente la historia. Pero ahora que tiene casi trece años, sus gustos deben estar madurando, sin duda alguna—. Bien vale la pena ir a conocerlo.

Cohen, el cerdo, resopla de nuevo. —Preferiría hacer historia y no aprenderla, ¿sabes? —le sonríe a Victoria, a la espera de su reacción. Es como si disfrutara de hacerla pasar vergüenza.

Los deportistas se van, y dejan sus bolsos de equipo en el recibidor, donde los pusieron anoche al volver de su práctica. Victoria tiene que abrirse camino como en una carrera de obstáculos para llegar a la sala, donde planea cumplir su promesa de leerle al coronel. Tropieza con un bolso especialmente voluminoso que sobresale entre los demás, probablemente sea el de Cohen. No lo puede evitar. Lo patea una, dos, seis, siete veces. Y una más para asegurarse. No tenía idea de que los hombres podían ser tan groseros y en su propia cara. Si ese es el tipo de muchacho con el que estaría saliendo, prefiere esperar a ser mayor.

***

Melanie, junto con otro par de amigas, Sophie y Emily, llegan a la casa justo cuando los waterpolistas pasan a recoger su equipo. Cohen invita a las chicas a ver el juego. —Siempre y cuando vayan a aplaudirnos, ¿está bien?

Las chicas aceptan entre risitas. Francamente, Victoria se siente cada vez más frustrada por la bobería de sus amigas. Parece que solo pensaran en muchachos. Y si eso es lo que salir a citas le produce al cerebro humano, ¿quién necesita tal cosa?

Victoria bien quisiera no tener que ir al juego, pero Papá estará en entrenamiento, así que tiene que hacerse cargo de sus hermanitas, que también están invitadas. Essie sufriría una enorme decepción si Victoria propusiera quedarse en casa. Además, tía Lola va también, con Juanita y Miguel, y eso hará que las cosas sean divertidas. Y lo más importante es que el coronel está ansioso por ir. Le hará bien salir un poco.

—Creo que el último partido de waterpolo que vi fue uno muy famoso, conocido como "Sangre en el agua" —le informa el coronel al equipo—. Juegos Olímpicos de 1956, húngaros contra soviéticos —el coronel pasa luego a describir el histórico juego. Aunque parezca increíble, los jóvenes deportistas están pendientes de cada palabra que dice. Hasta Cohen está atento. A lo mejor hay ciertos tipos de historia que sí vale la pena aprender. Victoria no puede evitar notar la expresión absorta y casi dulce en la cara del capitán del equipo. Tal vez cuando termine de crecer y madurar, Cohen será un ser humano agradable con el cual Victoria no tendría inconveniente en salir.

●●●

Es hora de que comience el partido. El equipo local ha estado nadando de un lado a otro en la piscina durante los últimos quince minutos. Sus amigas están chismorreando, así que no notan el retraso, pero Victoria está inquietándose cada vez más. ¿Dónde está el equipo visitante?

Finalmente, su entrenador aparece y conferencia con el entrenador de los locales, que mueve la cabeza incrédulo y lo acompaña de vuelta a los vestidores. Sale luego y hace un anuncio. Los visitantes necesitarán otros quince minutos, pues tienen un problema con su equipo deportivo.

Por supuesto, lo primero que se le cruza a Victoria por la mente es esa serie de patadas que le dio a un bolso. ¿Qué tal si con eso rompió alguna pieza crucial del equipo? Se siente mal. Tendrá que confesar. No caería tan bajo como para hacer algo malo y luego ocultarlo. Pero es el tipo de argumentos que no quiere darle a alguien como Cohen.

Cuando el equipo visitante sale al fin de los vestidores, Victoria siente un alivio tal que se pone de pie y grita junto con sus amigas. Por fortuna ninguno de ellos lleva puesto nada roto o remendado. De hecho, casi no llevan nada encima, fuera de los gorros y diminutos trajes de baño que parece que pudieran arrancarse de un tirón sin mayor esfuerzo. Y así es, como verán varias veces a lo largo del partido. Victoria no sabe hacia dónde mirar, y sus amigas tampoco.

—¡Qué desagradable! —murmura Melanie. —¡Puaf! —la secunda Emily. —¡Doble puaf! —agrega Sophie. Y Victoria encuentra otra fuente de alivio. A lo mejor en el fondo no es tan diferente de sus amigas.

●●●

Cuando el equipo regresa al B&B para hacer el chequeo de salida, Victoria y Melanie se unen a todos los demás en el recibidor para felicitarlos por su triunfo. En el momento en que la ven aparecer, Cohen y sus compañeros se vuelven hacia ella irritados.

—Muchas gracias —le espeta Cohen—. Qué traición tan baja... —esta vez el entrenador no lo riñe por su comentario.

A Victoria le arden los ojos, y es su turno de contestar con un susurro: —Lo siento. No quise estropear nada.

—¡Pues lo hiciste! Si no hubiéramos ganado el partido, yo mismo te habría retorcido...

—¡Te pasaste, Cohen! —le grita el entrenador—. Fue una travesura idiota y no un motivo de asesinato.

—No fue una travesura —dice Victoria, lloriqueando y haciendo lo posible por contener las lágrimas. No quiere llorar frente a siete muchachos, un entrenador, sus hermanas y sus nuevas amigas—. Tan solo estaba molesta por encontrarme todos estos bolsos en medio del camino. No pretendía romper nada. Fue una patada, solo eso —y hace una demostración, una versión menos vigorosa de los golpes que le dio al bolso.

—¿De qué estás hablando? —Cohen entrecierra los ojos, como si pudiera ver a través de Victoria—. No trates de fingir que no untaste con vaselina nuestro equipo.

—¿Vaselina? —los sollozos de Victoria se detienen de inmediato. Es como si Cohen hubiera pronunciado las palabras mágicas que cierran sus conductos lacrimales. No es el momento de llorar, sino que es hora de organizar su defensa—. Yo jamás haría algo tan bajo.

La boca de Cohen se curva con cinismo. Mueve la cabeza. Él sabe bien lo que sucede. —Desde el primer momento tuviste algo en contra nuestra.

El coronel se adelanta un paso, preparado para dar batalla por la bella Victoria. —¿Cómo se te ocurre cuestionar la honorabilidad de una gentil damita? —dice con voz atronadora, amenazando con el dedo al joven—. Le debes una disculpa.

El entrenador interviene: —Déjenme ver si entendí bien. ¿Ninguno de ustedes puso vaselina en lo que llevábamos en nuestros bolsos?

—Nadie aquí haría una cosa semejante —declara

indignado el coronel—. Y puedo asegurar, con Dios por testigo, que nadie vino a esta casa, excepto los presentes y sus padres. Y que conste que he llevado orgullosamente el uniforme del ejército de los Estados Unidos por más tiempo del que cualquiera de ustedes ha pasado en este mundo.

Tía Lola ha estado escuchando atentamente la conversación. Justo ahora, cuando el coronel aseguró que nadie había estado en la casa fuera de los presentes y Víctor y Linda, se estaba olvidando de otra persona. La joven de la limpieza con el mismo apellido que alguien que parece estar decidida a destruir la reputación del B&B de tía Lola. Y una de las cosas que a tía Lola le encanta de su nuevo país es eso de que una persona es inocente mientras no se demuestre lo contrario. No va a culpar a nadie hasta no tener pruebas. Pero de ahora en adelante, va a tener los ojos bien abiertos.

—He sido un completo idiota, lo siento —¿Cohen se está disculpando?—. ¿Y sabes qué es lo que más me molestaba de todo? No lograba entender por qué una chica tan linda como tú iba a hacer una mierda semejante.

—¡Cuida tu lenguaje! —le ordena el entrenador—. Estás hablándole a una dama.

Una dama, una chica tan linda. ¡Dios mío! Victoria siente un escalofrío de emoción. Si fuera a pedir deseos con la velita de cumpleaños nuevamente, lo que querría sería este momento.

Para la noche, el equipo se ha ido tras agradecer

profusamente a tía Lola y a su dedicado grupo de ayudantes. Aunque el misterio de la vaselina sigue sin resolverse, el entrenador le asegura a tía Lola que les recomendará el B&B a todos sus colegas y amigos.

La casa queda tranquila nuevamente. Victoria y sus hermanas deshacen las camas y limpian las habitaciones con ayuda de Juanita y tía Lola y Miguel. En determinado momento, Victoria se asoma a ver cómo está el coronel. Se ha quedado dormido, pero hoy es comprensible que esté cansado luego de la salida. Entra en puntas de pie a recoger la taza vacía y levanta el termo que siempre tiene a su lado. Hay que rellenarlo. Antes de salir hacia la cocina, no sabe qué es lo que le sucede. Se inclina y besa al anciano señor en la frente. Que sus amigas salgan con todos los muchachos de séptimo y octavo curso que quieran. Por lo pronto, ella se queda con un hombre que ya maduró hasta convertirse en un gentil anciano.

capítulo 7

De cómo los misteriosos contratiempos del B&B se volvieron aún más misteriosos

Tía Lola está decidida a resolver el misterio de todos los contratiempos que han estado ocurriendo en su B&B. Pero como no permanece a tiempo completo en casa del coronel, necesita a alguien que sí viva allá para mantener un ojo abierto.

No es difícil escoger a la persona adecuada. Esperanza Espada es curiosa. Le encanta la aventura. Y aunque Valentino tiene olfato de sabueso, el de Essie es aún mejor.

Tía Lola decide incluir a Miguel también en su plan. Al fin y al cabo, él fue quien salvó el fin de semana de prueba del completo desastre. Y hasta los policías trabajan en parejas. Miguel y Essie serán el equipo perfecto para llegar al fondo de los misteriosos contratiempos ocurridos en el B&B.

Así que una noche en que los Espada van a cenar

a la casa de la granja, tía Lola invita a Essie a subir a su cuarto. Le hace una señal a Miguel para que las siga. Y Valentino, a quien le gusta que lo incluyan en cualquier proyecto que implique posibles premios, sube tras ellos.

Tía Lola cierra la puerta de su cuarto, y luego revisa su clóset y bajo su cama. Ambos niños no caben en sí de entusiasmo y expectativa. Valentino observa. Pero una vez que se percata de que no habrá premios ni golosinas, se echa cerca de la puerta y se queda dormido.

—Como ya saben, ha habido una serie de desafortunados inconvenientes en el B&B —comienza tía Lola. Y luego procede a enumerarlos: la casa cerrada con llave la primera noche del fin de semana de prueba; el cambio de dirección en la invitación a la boda de la señorita McGregor con Boone Magoon; el dañino rumor de que las autoridades iban a clausurar el B&B de tía Lola; la vaselina que alguien untó en los útiles del equipo de waterpolo. Miguel y Essie habían notado algunos de estos sucesos, pero al verlos todos juntos, están de acuerdo con tía Lola de que algo extraño está sucediendo.

—O sea que... ¿tú crees que la casa está encantada? —un escalofrío le recorre la espalda a Essie—. Es una casa antigua —dice un poco a la defensiva, porque Miguel la mira como si fuera una niñita tonta que cree en brujas y fantasmas y a lo mejor también en el Ratón Pérez.

—La casa está encantada, sí —confirma tía Lola con lo cual los temores de Essie aumentan, pero luego añade—, pero por una persona que está vivita y coleando.

—¿Te refieres a un criminal, o algo así? —Essie no puede deshacerse del nudo en su garganta. Un ladrón o un asesino de la vida real son mucho más aterradores que un fantasma. Al fin y al cabo, si el juego de piedras, papel y tijera se jugara con otra tripleta, fantasma, asesino y ladrón, el asesino ganaría en todos los casos, pues crean fantasmas al matar gente, ¡incluidos los ladrones!

—Sea quien sea, tal vez piense que no comete ningún crimen, pero sí está haciendo cosas indebidas. Necesito la ayuda de ustedes dos para averiguar quién puede ser.

Miguel se ofrece rápidamente como voluntario. Claro, no es su casa la que está bajo ataque. Y Essie tiene una reputación que cuidar. —Claro, tía Lola. ¿Y puedo pedirle al coronel que nos ayude? —ha sido soldado toda su vida, con un baúl lleno de medallas. Essie se sentiría mucho mejor si el coronel le cubriera la espalda.

Tía Lola niega con firmeza. Está segura de que no hay que involucrar al coronel. Le preocupa el anciano caballero. En los últimos tiempos parece otro, dormido todo el tiempo, lento y cansado. Él sostiene que no tiene nada que ver con el B&B, pero tía Lola sospecha que sí hay una relación. Al fin y al cabo, fue después de que abrieran el B&B que el coronel empezó a pasar la mayor parte del día dormido. —A menos que resolvamos este misterio, me temo que tendremos que cerrar el B&B.

Los niños responden con gemidos. El B&B era la única actividad divertida que iban a tener en este largo invierno.

Al ver sus caras decepcionadas, tía Lola trata de alegrarlos. —A lo mejor resolvemos el misterio y todo vuelve a estar bien. Es por eso que quiero que mantengan los ojos bien abiertos.

—No podré hacerlo mientras esté dormida —Essie no quiere contrariar a tía Lola, pero es un hecho bien conocido que los criminales y los fantasmas prefieren ocuparse de sus cosas en las noches, cuando todos duermen.

—Ahí es donde vamos a confiar en Valentino, ¿cierto?

Valentino estaba soñando con que perseguía un conejo, y justo al momento de atraparlo, alguien lo llamó. Se despierta en el preciso instante en que tía Lola lo nombra el perro guardián oficial de su B&B.

Ladra su aceptación. Durante el día puede recuperar el sueño perdido junto con el coronel y vigilar la casa en las noches, en busca de sabrosos bocados que deban confiscarse antes de que se echen a perder al siguiente amanecer.

● ● ●

Tras sentirse algo atemorizada en un principio, Essie pasa a apersonarse plenamente de su papel de detective. Le pide prestada al coronel su lupa, que usa el señor para examinar su colección de estampillas y monedas de todo el mundo. También compra una libretita en la tienda de Stargazer para anotar cosas que parezcan sospechosas: como que Papá y Linda anden susurrando no sé qué de "contarles a los niños", o las papitas fritas que desaparecen misteriosamente del bol que quedó sobre la meseta de la cocina toda la noche (Valentino baja la cabeza avergonzado). O que Victoria y el coronel se quedaron dormidos (¡los dos!), sus tazas de té lado a lado en la mesita de jugar barajas, y el libro de Harry Potter que Victoria estaba leyendo en voz alta caído en el piso, sospechosamente abierto en el capítulo titulado "Halloween".

—Muy, pero muy interesante —murmura Essie todo el tiempo. La frase se ha convertido en lo que su padre llama su "mantra".

—¿Qué es eso? —pregunta Cari temerosa.

—Un man-tra —pronuncia Papá con cuidado—, es como un canto que las personas de ciertas religiones repiten cuando rezan.

Cari parece aliviada, y también Essie. Su padre se distrajo momentáneamente y así no se estará preguntando en qué travesura anda metida su hija mediana.

Tanto Miguel como tía Lola le han dicho a Essie que debe tratar de ser más disimulada. Andar por ahí de puntillas, lupa en mano, con un cuadernito y un silbato al cuello va a atraer la atención de todos a su investigación secreta.

Además, no es posible distraer mucho tiempo a los papás de hacer preguntas con respecto al comportamiento sospechoso. —¿Te importaría contarnos qué es lo que está sucediendo? —la interroga su padre cuando la encuentra investigando el armario de los abrigos con su linterna.

—Estoy trabajando en un proyecto —le dice Essie. Es la verdad, más o menos. Claro que Papá supone que ella se refiere a un proyecto escolar, una especie de tarea, y entonces le parece bien que su hija cumpla con sus deberes. Essie sospecha que los detectives tienen que contar con una licencia para decir muchas mentiras piadosas.

La única persona que sí está francamente molesta con las pesquisas de Essie es la muchacha que limpia para el coronel. Es curioso que, hasta este momento, Essie casi nunca se daba cuenta de la existencia de Henny. Por lo general llega cuando las Espada están en la escuela, pero incluso cuando las niñas están en casa, la chica anda tan silenciosamente cuando realiza la limpieza de la habitación del coronel, le lava su ropa y prepara su bandeja del té y sus remedios que ni siquiera el propio coronel la nota. Claro, él se pasa dormido la mitad del día.

De cualquier manera, Henny no es exactamente el tipo de persona que se hace notar. Se viste con sudadera gris; tiene una expresión sombría y su cara es pálida, con el pelo claro recogido muy tirante en una cola de caballo que cuelga sin gracia. Es apenas una adolescente, pero parece mayor, como si ya hubiera pasado una vida frustrante. Las únicas veces en que sonríe son cuando el coronel se dirige a ella con galantería como señorita Beauregard e insiste en cargarle la cubeta del aseo desde y hacia su habitación. Pero el coronel se comporta así con todas las chicas del mundo, y está presto a defender su honor y demás.

Últimamente, Essie no hace más que cruzarse con Henny y, como parte de sus averiguaciones, anota lo que quiera que la jovencita esté haciendo.

Esta tarde, entra a la cocina mientras Henny le prepara al coronel su té. La joven salta como si hubiera visto un fantasma. De prisa, tira una caja de té vacía a la basura. —¿Qué estás haciendo? —le pregunta con brusquedad.

¡Qué gruñona! Pero Papá ha señalado que Henny solía tener el encargo de limpiar la casa entera. Ahora que los Espada han propuesto hacer la limpieza como forma de pago parcial del alquiler, Henny puede estar molesta. Sin embargo, con todo su sentido de justicia, Papá también ha anotado que el generoso coronel le sigue pagando a Henny su salario completo por la mitad del trabajo que antes hacía. —En realidad debía estar contenta por que hayamos venido.

Habría que hacerle saber eso a Henny, que ahora

le está lanzando miradas furibundas a Essie. Esta no retrocede, y le devuelve la mirada. Pero lo que ve no es la furia y el resentimiento que esperaba encontrar, sino que la expresión de la chica es más bien de soledad y temor, una mirada de orfandad que conmueve una parte de Essie que normalmente ni ella misma alcanza a tocar.

—Discúlpame —se sorprende Essie diciéndole a la chica—. No quise asustarte, pero sucede que ando de vigilancia —y luego se lanza a contarle todo el asunto, sin incluir ni una sola mentirita piadosa. En la cara de la joven se pinta el asombro, como si la hubieran pillado con las manos en la masa. ¿Sería ella la que se robó las papitas fritas de la cocina la otra noche?

—Bien, gracias por contarme —dice Henny en voz baja, con tono cómplice—. Estaré en guardia y te contaré cualquier cosa sospechosa que vea, ¿bueno?

Essie hace un gesto de asentimiento y deja su libreta de lado. Desde ya se está dando cuenta de que ni a Miguel ni a tía Lola les va a parecer bien que le haya contado todo a Henny. Pero, ¿qué puede haber de malo en reclutar un cuarto par de ojos para estar alerta? Bueno, será un quinto par, contando los de Valentino. Miguel y tía Lola deberían estar contentos de tener ayuda adicional. Sin embargo, Essie decide no contarles nada de Henny. Tía Lola dice que en todas partes se cuecen habas, y probablemente también en todas partes detestan a los soplones que andan contando lo que no deben.

●●●

El fin de semana antes de Halloween, Linda tiene que ir a un congreso fuera del pueblo. Y sucede que el sábado de ese fin de semana, Víctor tiene que ir con uno de sus equipos a un partido en un lugar cerca de donde ella estará, y toman la decisión de encontrarse y regresar juntos el domingo. ¿Le importaría a tía Lola hacerse cargo de las dos familias, preferiblemente en el pueblo para así también ocuparse del coronel?

—¡No hay problema! —sonríe contenta la tía. Es precisamente el tipo de trabajo que más disfruta: pasar el día con los niños y el coronel.

Víctor insiste en cerrar el B&B durante ese fin de semana, en vista de que él no estará. Tía Lola tendrá suficientes tareas como para que haya también huéspedes a quienes atender.

—Pero los niños me ayudarán —explica tía Lola. A pesar de todo, Mami se preocupa. ¿Qué tal que surja algún problema? ¿Que un huésped tenga un accidente o que el coronel se enferme?

—¡Ya sé! ¡Tengo una idea! —interrumpe Juanita—. Nosotros podemos ser los huéspedes —será como cuando ella huyó de casa—, ¿qué dices, tía Lola?

—¡No hay problema! —contesta su tía en español.

—No hay problema. Esa frase debe ser tu mantra, tía Lola —bromea Essie, y la anota en su libreta de espía por si le resulta útil después, cuando vaya a hacer investigaciones detectivescas en Sudamérica.

***

El viernes en la mañana, mientras los niños están en la escuela, suena el teléfono. El coronel Charlebois está dormitando, así que tía Lola toma la llamada.

—Habla Margaret Soucy —dice la persona que llama. Por la manera como pronuncia su nombre, parece que fuera una persona famosa que tía Lola debería conocer.

—Buenos días, señora Soucy —responde tía Lola automáticamente en español, pues a veces se le olvida que está en Vermont.

—Buenos días tenga usted también —la persona que llama está encantada de poder hablar en español. Es estadounidense, pero ha vivido en todas partes del mundo, incluida Sudamérica. Parlotea apenas con un tris de acento.

—Necesito un lugar poco frecuentado para hospedarme unas cuantas noches —explica Margaret. Tía Lola está a punto de decir que su B&B estará cerrado este fin de semana, pero Margaret añade que la razón es que tiene que hacer un viaje de último momento debido a una crisis familiar. Una crisis familiar, esas son las palabras que conmueven el corazón de tía Lola. Alguien en problemas y que necesita su ayuda. ¿Cómo va a negarse?

—Vamos a cerrar, pero si viene solo usted, haremos una excepción —dice tía Lola.

—Mucho le agradeceré —contesta Margaret—.

No hace falta que se complique conmigo. Soy bastante autónoma. He llenado mi cantimplora en el río con los jíbaros del Perú, y he cazado con los bosquimanos en el desierto de Kalahari. Solo una cosa más. Le agradeceré que mantenga mi visita de incógnito.

—¿Que qué? —tía Lola no termina de entender todo lo que le dijo en inglés.

Margaret explica en palabras más sencillas, y en español: —Que viajo en secreto —y su petición no hace sino aumentar el misterio.

—No hay problema —confirma tía Lola, pero sin su seguridad y confianza de siempre. ¿Quién es esta Margaret Soucy exactamente? ¿Y por qué necesita hospedarse en un hotel si tiene familiares en la zona? Si tía Lola tuviera una libretita de espía como la de Essie, anotaría estos detalles tan interesantes.

* * *

Viernes por la tarde. Cuando Essie se baja del autobús escolar para dirigirse a la casa, Henny asoma la cabeza detrás de un arbusto y le hace señas para que se acerque. Essie busca la libreta en su bolsillo. —Guarda eso —le ordena Henny—. Necesito que me hagas un favor —le dice en tono más amable—. Hay una huésped que llega esta noche...

Essie niega con la cabeza. El B&B estará cerrado este fin de semana. Pero Henny está segurísima.

—Llega tarde esta noche. Cuando se instale, dale esto —le entrega a Essie una nota doblada—. No le digas nada de esto a tu tía, ¿está bien?

Essie empieza a sentirse cada vez más incómoda con todos los secretos que tiene que guardar. Una cosa es decir mentiras piadosas cuando está en sus funciones de detective. Pero otra es andar esparciendo mentiras de ese tipo adonde quiera que vaya, hasta que el mundo esté absolutamente cubierto de cosas que no son verdad. —¿Y por qué no se la entregas tú misma?

—Por favor —suplica la joven—. Tengo que volver a casa o mi mamá me mata. Ya voy retrasada. Necesito que me ayudes, por favor.

Si la debilidad de tía Lola es ayudar a familias en problemas, la de Essie debe ser rescatar personas que corren el riesgo de que las maten. —Okey —acepta, toma la nota y se la mete en el bolsillo.

—¿Y prometes que no le dirás nada a tu tía? —los ojos de Henny se clavan en Essie con la mirada de alguien que saltaría desde un acantilado si esta le diera una respuesta negativa.

Essie acepta, a regañadientes. Pero no le gusta que la obliguen de esa manera, arrinconándola. Mientras continúa hacia la casa, para entrar por la puerta de atrás, nota algo de basura que se debió salir del zafacón. Es la caja de cartón que recuerda haber visto a Henny tirar apresuradamente. Quizás es por eso que Essie se molesta en leer lo que dice la etiqueta: "Té fulminante".

Essie está tan decidida a confirmar lo que le dijo Henny que sigue hacia dentro sin tomar nota de este detalle tan interesante en su libreta.

En la casa, tía Lola les está explicando a todos los presentes que tendrán una huésped. —Ya sé que oficialmente el B&B está cerrado, pero esta es una situación especial. Y algo más, nuestra huésped viene en secreto.

—¿Por qué? —pregunta Cari extrañada. Los secretos pueden producir miedo, a menos que tengan que ver con fiestas de cumpleaños.

Tía Lola le dedica una sonrisa tranquilizadora. Tal vez Essie se lo está imaginando, pero por una fracción de segundo, le parece que la propia tía Lola está preocupada. —Nuestra huésped no quiere que se sepa que está aquí pues viene a asuntos privados. Creo que debe ser una persona famosa. ¿Conocen a una tal Margaret Soucy?

El coronel, que justamente se está despertando de su siesta, se endereza. —¿Margaret Soucy? Pero claro que la conozco.

Con razón la mujer le mencionó a tía Lola su nombre como si debiera reconocerlo. Es una amiga del coronel Charlebois. —Tiene una especie de crisis familiar privada.

—Eso no es noticia —el coronel mueve la cabeza con tristeza—. Pero no es un asunto tan privado. El pueblo entero lo sabe.

Claro, a excepción del coronel, todos los allí

reunidos son recién llegados a Bridgeport. Ninguno de ellos ha oído la historia que el anciano está por contarles.

—Primero que todo, Margaret Soucy es una de las mejores antropólogas de la actualidad. Ha vivido alrededor del mundo entero y es toda una autoridad en una buena cantidad de costumbres curiosas, como los matrimonios de niñas en Yemen, el canibalismo entre los korowai de Nueva Guinea o los encantadores de serpientes de Madagascar.

Essie está fascinada. Está perdiendo su tiempo en su labor de detective. Y pensar que esta mundialmente famosa autoridad, que conoce muchos más lugares interesantes que el mismo coronel, va a hospedarse en su casa. ¿Por qué iba a querer una adolescente sosa como Henny escribirle a esta celebridad que ha hecho tantas cosas sorprendentes?

—Margaret Soucy se fue del pueblo cuando era una jovencita, no mucho mayor que tú —el coronel le hace un gesto a Victoria—. Era brillante. Obtuvo becas en Smith, en Stanford. Y su hermana tomó el camino opuesto. Se quedó en el pueblo, se enredó con un tipo que perdió en apuestas y juego hasta el último centavo que ella tenía y luego la dejó con un bebé para valerse por sí misma. Desafortunadamente, este triste giro de las cosas transformó a esa hermana en una mujer amarga y perturbada —lamentó mucho tener que decir algo así de cualquier dama—. Margaret y ella tuvieron terribles discusiones sobre... sobre un millón de cosas —hace un ademán como para borrar la tristeza de la historia y bosteza sonoramente.

Se ve soñoliento, piensa Essie... y luego, porque acaba de ver la caja vacía con el nombre interesante, una idea se materializa en su cabeza. El coronel ha estado bebiendo té fulminante todo el día, del termo que Henny le prepara. Esa es la razón por la cual anda adormilado todo el tiempo. ¿Y por qué iba a querer Henny dejar al coronel fulminado de sueño?

—Me da mucho gusto que hayamos hecho una excepción en este caso —le dice el coronel a tía Lola—. A lo mejor podemos ayudar a remediar las diferencias entre las hermanas. Es tan triste que se distancien por esa casa tan vieja, o por la crianza de esa niña, que ya está tan grande.

Entre tanto, tía Lola está hurgando en su memoria en busca de ese apellido de la huésped. Lleva ya más de año y medio en el pueblo y no recuerda haber conocido a nadie de apellido Soucy. Pero también sucede que su inglés no es el mejor del mundo y a veces no está segura de lo que oye. —Soucy, Soucy —le da vueltas al apellido.

—Soucy es el apellido de soltera. Margaret no se casó. ¿Cómo iba a hacerlo si se ha pasado la vida rodando por el mundo? —el coronel suspira, quizás pensando en su propia vida—. Pero su hermana Odette se casó con Beauregard. De hecho, el bebé del cual he estado hablando es Henriette, a quienes ustedes conocen como Henny, la muchacha que me hace la limpieza. Esa es otra de las razones por las cuales la conservé. No es secreto para nadie que su madre ha pasado por muchas dificultades, y que eso le ha dejado huellas en el carácter. Puede ser que no llegue a matar a la jovencita por eso, pero sí se encargará de hacerle la vida muy desgraciada.

Essie no puede dejar de notar la expresión perpleja en la cara de tía Lola. Aquí hay algo raro, parece que estuviera diciendo.

Essie se siente en una encrucijada. Quisiera contarles a sus compañeros detectives de la nota que tiene en el bolsillo. Pero le prometió a Henny guardar el secreto. Sin embargo, sabe que no está mal romper una promesa si por mantener el secreto se pone en peligro a alguien. Y sucede que Henny dijo que su madre la mataría. ¿Qué tal que algo le pase porque Essie la traiciona? Se sentiría muy mal. Pero entonces recuerda un pequeño detalle: prometió que no le contaría nada a su tía, pero no dijo nada con respecto a Miguel.

De manera que una vez que la reunión se dispersa, Essie sigue a Miguel a la habitación con el tema beisbolero, donde se va a quedar este fin de semana. —Tengo que hablar contigo —comienza ella, y luego le vierte el contenido de su mente sobrecargada: que encontró a Henny preparando el té del coronel, y tratando de desaparecer la caja sospechosa; que Essie descubrió el tipo de té que había en la caja (Té fulminante, ¿entiendes?); que el coronel siempre está adormilado. Después pasa a contarle del encuentro con

Henny esta tarde en el patio, y de cómo le suplicó que le hiciera llegar a la huésped su nota, en secreto. La mano de Essie tiembla tanto que es un alivio entregarle la nota a Miguel para que la lea en voz alta:

Querida tía Margaret:

Las cosas han empeorado mucho desde la última vez que te escribí. Mamá me obliga a hacer cosas que no creo que estén bien. No me atrevo a darte los detalles. Por favor, vamos a encontrarnos mañana a las 7 en punto de la mañana en el patio trasero de la casa del coronel. Mamá no va a sospechar nada porque normalmente a esa hora hago la limpieza allá. Te agradezco mucho que vinieras al rescate. Pero no permitas que nadie te vea, ya que Mamá podría imaginarse por qué viniste.

Tu sobrina, eternamente agradecida,

Henriette

—¡Caramba! —dice Miguel cuando termina de leer.

—Tú lo dijiste —Essie siente alivio de tener un amigo como Miguel a quién confiarle esas cosas—. ¿Crees que debíamos decirle a tía Lola?

Miguel mira al techo, como si la respuesta estuviera escrita allí. Después respira hondo antes de negar con la cabeza—. Creo que debemos resolver este misterio entre tú y yo. Si le contamos a alguien más, ¿sabes lo que pasará?

—¿Qué?

—Mami y tu papá se van a preocupar porque tener un B&B pueda volverse algo peligroso. Tía Lola va a pensar que cometió un grave error al exponernos a nosotros y al coronel a tanto riesgo. El B&B de tía Lola cerrará para siempre y volveremos a nuestra aburrida vida.

Aburrida vida. Las palabras caen como pesadas piedras en el fondo del corazón de Essie. El frío es cada vez mayor. Lo más duro del invierno se avecina. Mes tras mes de estar encerrados, haciendo la tarea y quehaceres poco interesantes. Miguel tiene razón. Más vale resolver ese misterio que terminar viviendo una vida aburrida.

—Entonces, ¿qué crees? —Miguel mira a Essie directamente a los ojos, como si la desafiara a mostrar que no es una niñita que cree en fantasmas.

Essie no abandonaría un desafío ni aunque su vida dependiera de ello, y espera que no sea así en este caso. —No hay problema —dice aparentando mucha seguridad y en español, fingiéndose una valiente detective sudamericana.

capítulo 8

De cómo se resolvió el misterio del B&B

Al darse la mano para acordar que ellos solos resolverán el misterio del B&B, Miguel no puede evitar notar que la mano de Essie está helada. Tiene cierta esperanza de que ella se arrepienta e insista en contarle a tía Lola. ¿Qué pasará si se involucran en un asunto que está más allá de sus posibilidades y termina sucediendo algo que mete miedo?

El hecho de que sea casi Halloween, ese día donde todo gira alrededor de fantasmas y aparecidos, no ayuda mucho. Mientras aguardan la llegada de Margaret Soucy en esta noche de viernes de mucho viento, los dos niños se sobresaltan con cualquier sonido escalofriante que provenga de la vieja casa. Miguel contempla el arce a través de la ventana y se le paraliza el corazón. Las ramas desnudas parecen dedos retorcidos que tratan de agarrarlo.

Hace rato que terminaron de comer cuando oyen toques en la puerta principal. Miguel y Essie cruzan una mirada larga y desesperanzada. Miguel siente que su estómago da vueltas, pero cada vez que lo acosan las dudas, se repite la palabra "aburriiiiiiiida", alargándola así para hacerla parecer más tediosa. Está dispuesto a cualquier cosa con tal de evitar que cierre el B&B.

Al pie de las escaleras, los dos niños se unen a tía Lola y al coronel, que llegan al recibidor desde la sala. Es como el comité de bienvenida del B&B.

—Bienvenida —dice tía Lola en español, abriendo la puerta. Pero sucede algo fantasmagórico, porque no hay nadie para recibir su acogida. Solo hojas que revolotean al viento embravecido.

—Pues que me... —exclama el coronel—. Hubiera jurado que...

Y entonces, ¡zas! De la oscuridad salta un gorila. Todos gritan, incluido el coronel, aunque casi de inmediato da un paso adelante para proteger a las damas. ¡Si tan solo Essie tuviera a mano su espada samurái! Pero al momento Miguel se alegra de que no la tuviera. La máscara de gorila cae, y aparece una mujer alta, fornida, que se ríe frente a ellos.

—¡Margaret Soucy! —la regaña el coronel—. ¡Debería darte vergüenza!

—Es solo una pequeña broma acorde con esta época del año —la mujer sigue riéndose, con unas carcajadas que a Miguel le suenan a rebuzno de burro—. No tenía idea cuando golpeé a la puerta que este sería tu

113

B&B, tío Charlie —¿Tío Charlie? El coronel no dijo nada sobre un parentesco con Margaret Soucy.

—Primero, no es ninguna pequeñez producirle un ataque al corazón a un viejo. Y segundo, no es mi B&B sino de tía Lola, y de sus amigos.

La pobre tía Lola todavía tiene la mano en el pecho, en un intento por calmarse el susto. —Bienvenida —logra decir, pero esta vez su acogida es menos animosa que la primera.

—Encantada de conocerlos —Margaret Soucy les estrecha la mano con tal fuerza que Miguel siente que todo su cuerpo se sacude. Cuando llega al coronel, lo rodea con sus brazos. Con su gruesa parka de invierno, sería fácil confundirla desde atrás con un gorila vestido como un ser humano.

A pesar del susto inicial, el coronel parece genuinamente encantado de verla. No sucede todos los días que una lugareña famosa viene de visita. —¿Cuánto tiempo ha pasado? ¿Diez años?

—Buena pregunta —Margaret Soucy mira a lo lejos, como si la respuesta fuera un ñu que se alimenta en la distancia. ¿Fue antes de la beca MacArthur para genios o después de su libro sobre los matrimonios infantiles?—. Lo que sea —y deja de lado estos logros con un gesto de la mano—. Me da tanto gusto verte, tío Charlie. Estaba segura de que ya andarías a dos metros bajo tierra —¡cómo le dice esto al anciano señor!

Essie ha estado buscando algún parecido físico entre la alta y ruidosa huésped y el encorvado coronel, pero no encuentra nada. —¿Ustedes son parientes de verdad?

—Solo por carácter —dice Margaret Soucy, rebuznando sus carcajadas otra vez. Cuando ríe, se le levanta el labio superior y deja al descubierto su pronunciada dentadura. Cepillarla debe tomarle el doble de tiempo que a cualquiera.

Tras una taza de té de jengibre, Miguel y Essie escoltan a su huésped a la habitación tropical. —¡Me sentiré como en casa! —exclama ella, y se lanza a relatar una de sus increíbles aventuras en el Amazonas. Esta mujer no ha conocido un momento de aburrimiento en su vida adulta, eso lo ve Miguel con claridad. Pasan unos buenos veinte minutos antes de que haya una pausa en la cual Miguel le entregue la nota de Henny.

—¿Y esto qué es? —pregunta Margaret Soucy intrigada. Durante unos instantes, Miguel puede ver la curiosidad que convirtió a esta mujer en una antropóloga famosa. Es como si le hubiera entregado un hueso del primer ser humano—. Mmm —dice ella, como si saboreara el contenido de la nota. Al recordar que el coronel dijo que Margaret Soucy había vivido entre los caníbales, Miguel se pregunta si ella habrá probado carne humana. Tal vez cuando la conozca mejor podrá preguntarle.

Cuando finalmente levanta la vista del papel, parece sorprendida de encontrar a Miguel y Essie aún frente a ella. —Me parece que es hora de decir *oyasumi*, *allin tuta*, y *gudnaet*, o sea, buenas noches, en japonés, quechua, y dialecto de las islas Salomón. Que vivas para ver el amanecer al siguiente día —añade con tono misterioso, y al momento suelta su dientuda carcajada de burro—. Así es como se dan las buenas noches los itabos. A propósito, ¿alguno de ustedes estará interesado en una máscara de gorila usada?

Por supuesto, Essie se la arrebata. Mientras los dos niños salen de la habitación, Margaret Soucy les dice:
—¡Que duerman bien! —y Miguel podría jurar que después de eso añadió—: ¡Y no se dejen morder por los caníbales ni en sueños!

●●●

Miguel pasa la noche huyendo de los caníbales en sus sueños. Y lo siguiente que sabe es que Essie lo sacude para despertarlo. La noche anterior, antes de acostarse, acordaron encontrarse abajo, en el patio de atrás, a un cuarto para las siete. Justo a tiempo para ocultarse y poder espiar la reunión secreta entre tía y sobrina.
—¡Vamos, Miguel! ¡Que ya la oigo en el baño!

Afortunadamente Miguel durmió vestido como precaución. En cosa de instantes, los dos niños van escaleras abajo y luego pasan por la cocina, camino del patio de atrás. Pero han debido anticipar una cosa: Tía Lola ya está levantada, frente a la estufa, friendo tocino.
—Buenos días, ¡qué sorpresa! —dice ella, un poco extrañada de ver a los niños levantados tan temprano en una mañana de sábado.

—Ejem... Ejem... —comienza Essie. Es como si acabara de aprender una lengua tribal de las que sabe Margaret Soucy, llena de gruñidos y sonidos onomatopéyicos.

¿Esperanza Espada se quedó sin palabras? Eso sí que le resulta sospechoso a tía Lola. —Está bien, ¿qué pasa?

Al fin a Essie se le suelta la lengua. —Vamos a salir a hacer algo de ejercicio antes de desayunar, tía Lola —como prueba de lo que dice, sacude en el aire su espada samurái, que pensó en llevar al patio por si acaso.

Tía Lola ladea la cabeza, incrédula. Pero pronto la distrae el sonido de su huésped que baja la escalera y da los buenos días en varias lenguas. Los niños se escabullen por la puerta de atrás y se dirigen al lugar donde se apila la leña. Se agachan tras los troncos justo a tiempo, pues Henny acaba de aparecer dándole la vuelta a la casa y mirando sobre su hombro. La puerta trasera se abre de nuevo, y sale Margaret Soucy.

Tras la larga ausencia, a la tía le cuesta reconocer a su sobrina ya crecida. —¿Henriette, eres tú? —pregunta. Henny se voltea y corre hacia su tía, y parece una víctima de naufragio que finalmente hubiera divisado tierra. Colapsa en brazos de Margaret, sollozando.

—Ya, tranquila —la consuela Margaret dándole palmaditas en la espalda, como si estuviera sacándole los gases a un bebé. Tras un rato, Henny se calma y conduce a su tía a un banco que hay al fondo del patio. —Hablemos aquí. Si lo hacemos en cualquier otro lugar del pueblo, me da miedo que Mamá se entere.

Al oír mencionar a su hermana, la cara de Margaret se endurece. —¿Cómo está Odette?

La pregunta destapa los sentimientos contenidos de Henny. Antes de que alcancen a sentarse ya le está abriendo el corazón a su tía. De su mamá que se enfureció tanto al enterarse de que tenía competencia con el B&B de tía Lola. De cómo estaba especialmente molesta porque esta "extranjera" la sacara del negocio.

—Odette se hizo solita el daño —señala Margaret Soucy—. Su mal carácter podría llevar a la quiebra al mismo Ritz.

Pero lo que colmó la copa de la mamá de Henny fue que otra familia de apellido extranjero, los Espada, se mudara a vivir con el coronel, y que su propia hija quedara relegada a ser la muchacha de limpieza de medio tiempo. —¡Estaba furiosa! Aunque le dije que el coronel Charlebois iba a seguir pagándome mi salario completo. Pues no le importó. Quería vengarse... y me obligó a participar... ay, tía Margaret, estaba tan asustada.

—¿Qué te obligó a hacer, mi niña?

Henny rompe a sollozar de nuevo. La historia sale a retazos, incompleta. Fue Henny la que untó con vaselina los útiles del equipo de waterpolo. Fue Henny la que abrió con vapor el sobre y cambió la dirección de la invitación de la familia del novio.

Miguel y Essie cruzan una mirada de sorpresa. ¡De manera que Henny y su mamá son las culpables! Essie agarra con más fuerza su espada, en caso de que Henny se descontrole.

—Y ayer, Mamá se enteró de alguna forma de que otro huésped vendría aquí. No sabe que eres tú, tía Margaret. Me ordenó que viniera y pusiera esto en la cama del huésped —saca una bolsa llena de bichos de plástico: arañas, lombrices, y serpientes de goma.

La boca de Margaret Soucy forma una mueca de desprecio. —Lo lamento mucho con mi hermana, pero estos bichos no me hubieran asustado en lo más mínimo. He dormido en la selva entre cocodrilos y alacranes y serpientes venenosas. He comido escarabajos y tarántulas y tres tipos diferentes de grillos.

Miguel y Essie sienten alivio de no haber desayunado aún, pues al oír todo eso seguramente se les hubiera revuelto el estómago. Justo cuando están a punto de resolver el misterio de los contratiempos con el B&B, no necesitan otro.

—Pero lo peor, y que es también lo que más me avergüenza pues el coronel Charlebois me parece una de las mejores personas del mundo, es lo que he tenido que hacerle a él —Henny hace una pausa, pues ni ella misma puede creer lo que le ha estado haciendo—. Mamá me obligó a prepararle en su termo un té fulminante.

—¿Para fulminar a tío Charlie? ¿Mi hermana está tratando de matar a un viejo amigo de la familia? —hasta Margaret Soucy, que ha vivido entre caníbales, está impactada.

—No, no, no quiere matarlo —explica Henny—, nada más hacerlo dormir y dormir para que yo pueda escabullirme en la casa cuando los demás han salido y hacer todo lo que te he contado, para que así el B&B tenga que cerrar.

Parece que a Margaret Soucy la hubiera alcanzado una lanza envenenada. —Debiste acudir a mí antes, Henriette —le dice. Todas las tontas peleas con su hermana quedan de lado—. Y lo siento mucho pero voy a tener que hablar con la policía. Tu mamá necesita ayuda —y tras una pausa añade, con voz aún más triste—: tú necesitas ayuda.

Esta noticia provoca otra tanda de lágrimas de Henny: —Por favor, tía Margaret, no quiero ir a dar a la cárcel. No quiero que Mamá vaya a la cárcel. Compensaré al coronel. Me comprometo a limpiar su casa por el resto de mi vida a cambio de nada.

—Ya veremos —contesta Margaret Soucy. Ha estudiado a los seres humanos de todos los continentes y de eso hay una cosa que sí ha aprendido: para que haya justicia en este planeta, tanto jóvenes como viejos tienen que asumir la responsabilidad por sus actos. Pero la justicia sin el perdón no va a lograr que el mundo sea un mejor lugar para vivir—. Las personas tienen que hacerse responsables de sus actos, Henriette. Pero quizá si tu madre confiesa, ambas puedan tomar parte en un programa de reeducación en lugar de ir a la cárcel.

—Mamá jamás va a confesar —dice Henny desconsolada—. Tú la conoces, tía Margaret.

—Pero, ¿y si tenemos alguna prueba? No digo

contraponer tu palabra a la suya, sino pruebas patentes. ¿Qué tal si la agarramos con las manos en la masa?

—¿Cómo lo haríamos? —Henny pone las manos en alto—. Siempre se las arregla para que sea yo quien haga todo.

Por primera vez desde que Miguel la vio, Margaret Soucy parece totalmente desconcertada. Podrá saber cómo comer tarántulas y dormir con cobras y protegerse de los caníbales, pero no tiene idea de cómo pescar a su hermana con las manos en la masa.

Todos han estado tan absortos en la confesión de Henny que no advirtieron la figura que se deslizó por la puerta trasera hacia afuera hace un rato, con curiosidad por saber adónde iba su huésped y por qué los niños llevaban tanto tiempo haciendo ejercicio. Cuando tía Lola habla por fin, todos pegan un brinco. Miguel y Essie, al sobresaltarse, quedan fuera de su escondite.

—Tengo una idea para atrapar a tu madre, Henrieta. Y estoy segura de que si cooperas con nosotros, las cosas serán más fáciles para ti.

Henny ya está asintiendo en silencio sin saber aún qué es lo que va a proponer tía Lola.

Antes de revelar su plan, tía Lola se vuelve hacia Miguel y Essie: —Me decepciona que no me contaran la verdad. Ustedes saben que su tía Lola siempre trataría de ayudarles.

—Es mi culpa —confiesa Miguel. Como dijo Margaret Soucy, las personas tienen que hacerse responsables de sus actos. Y fue idea de Miguel resolver el misterio en secreto—. Nos dio miedo que decidieras cerrar el B&B.

—¿Cerrarlo? —tía Lola niega no solo con la cabeza sino con el cuerpo entero—. ¿Y qué? ¿Darle el gusto a Odette Beauregard? ¡No señor! Sé qué hacer exactamente para que podamos agarrarla con las manos en la masa.

—¿Lo sabes? —contestan los cuatro casi a coro, a pesar de que no pertenecen a ninguno.

—Se llama la "estrategia del mensajero que no ha regresado" —dice tía Lola. Al ver las caras extrañadas de todos, procede a explicar—: La mamá de Henrieta la envió en una misión. ¿Qué sucede si ella no vuelve? Su mamá tendrá que venir tarde o temprano para averiguar qué le pasó a su mensajera.

—¡Qué ingenioso! ¡A la altura de los sabios koguis! —es Margaret Soucy, autoridad mundial, elogiando a tía Lola, que no llegó más allá del cuarto curso—. Pero, ¿funcionará?

Tía Lola afirma con certeza: —Créeme, Margarita, una de las cosas que sé luego de haber vivido entre tu tribu de los Estados Unidos es que la curiosidad mató al gato —sonríe complacida por poder usar un refrán que se entiende tanto en inglés como en español.

Miguel espera que el plan de tía Lola funcione. Tiene un buen historial en ese terreno. Al fin y al cabo, su idea del "filo de la cuña" fue la que comenzó el B&B, con el fin de semana de conejillos de Indias. A menos que la culpable sea capturada en el acto y puesta a buen recaudo donde no pueda causar más daños, Miguel está seguro de que Mami y Víctor serían partidarios de cerrar el B&B, incluso si su tía quiere mantenerlo abierto para contrariar a la señora Beauregard.

—Para que este plan funciones, debes estar en la casa, lejos de la vista de quien pase por la calle —le advierte tía Lola a Henny—. Tu madre vendrá, pero puede tomarse un rato.

—Cuando venga, va a matarme —Henny se está preocupando de nuevo.

Pero su valiente y audaz tía la rodea con un brazo y le da un sacudón animoso. —Valor, querida mía. Una cosa que aprendí de los bosquimanos del Kalahari es que cuando estás al acecho del antílope kudú, la perseverancia es lo que te lleva a tu objetivo.

Y con eso se lanzan en otra de las increíbles aventuras de Margaret Soucy. Miguel no puede evitar pensar que si un bosquimano, armado con arco y flecha, puede abatir a un animal grande, seguro que cinco personas con una espada samurái pueden controlar a la desquiciada mamá de Henny.

●●●

Pero para el final de la tarde, Miguel ya no está tan seguro de que el plan de tía Lola vaya a funcionar. Han esperado todo el día y aún no hay señales de la señora Beauregard. Cada hora, más o menos, Miguel y Essie hacen la ronda, en busca de huellas frescas en el patio. Finalmente, deciden ir a ver por qué la señora no ha venido en busca de su mensajera.

Los dos niños montan en sus bicicletas camino de la casa de Miguel, en el campo, y Miguel viene cocinando su propio plan: provocar a la mamá de Henny con su propia bolsa de bichos plásticos.

Al pasar frente a la casa de la señora Beauregard, distinguen una figura tras la delgada cortina de la sala. Cuando dejan la casa atrás, dan la vuelta. De nuevo frente a la casa, sin dejar de pedalear, Miguel tira una de las arañas contra la ventana. La falsa tarántula cae con un ruido sordo. Qué bueno que su brazo de lanzar sigue fuerte, a pesar de que lleva meses sin practicar.

Mientras los niños se alejan, la puerta del frente se abre. La señora Beauregard sale a investigar. Debe haber encontrado la araña porque llama con cautela:
—¿Henny? —y luego, con una voz más alta y amenazante, grita—: ¡Henriette Beauregard, estás metida en serios problemas!

Para entonces, Miguel y Essie han llegado a una esquina. Se detienen y se ocultan tras una mata para espiar.

Por la carretera viene la señora Beauregard, chancleteando en el pavimento, con el abrigo sin abotonar y el pelo despeinado al viento. Pasada su casa encuentra una de las serpientes que Miguel dejó caer. Unos pasos más allá, un escarabajo. ¡El plan está funcionando! Miguel planea seguir sembrando los

124

bichos a lo largo del camino hasta el B&B de tía Lola. Será una especie de Hansel y Gretel al revés, en el que son los niños los que ponen un señuelo a la bruja para salir de su guarida y llevarla a manos del sheriff.

Miguel y Essie vuelven a sus bicicletas, listos para seguir delante de su presa. Pero entonces, ven tropezar a la señora Beauregard. La luz ya es escasa. Debe ser que dio con un bache o una piedra que no vio, y ha sufrido lo que parece ser una fea caída.

—Vamos a buscar ayuda —le dice Essie a Miguel, apremiante. Pronto estará oscuro. No deben circular por una carretera rural sin tener sus chalecos reflectantes.

Miguel quisiera regresar sin más, pero no va a abandonar a su suerte a una persona herida, incluso si esa persona es alguien que ha hecho cosas malas y se merece lo que le acaba de suceder. —Ve tú. Dile a tía Lola que llame una ambulancia. Yo me quedo con ella.

—¿Te-te que-que-das solo con la señora Beauregard? —la voz de Essie sale temblorosa.

Para no traicionarse con el temblor de su propia voz, Miguel se limita a asentir con la cabeza. Da la vuelta con su bicicleta y vuelve a donde está el bulto oscuro en la orilla de la carretera. Hay un charquito de sangre al lado de su cabeza. Miguel se baja de un salto de la bici y se arrodilla a su lado. —¿Está bien?

En respuesta, la señora Beauregard gime. Miguel nunca ha sentido tal alegría al oír un sonido humano. —Quédese tranquila y no trate de moverse. Mi amiga fue a buscar ayuda.

—No, no, por favor —chilla la mujer, haciendo esfuerzos por ponerse de pie. Pero con un grito de dolor se deja caer nuevamente al suelo. Miguel se quita el abrigo y lo pone bajo la cabeza de la señora. En la difusa luz del sol que se pone, puede ver que se torció el pie derecho. La sangre le brota de una cortada en la frente. Todo lo demás parece en orden. Pero hay algo que Miguel aprendió en su clase de primeros auxilios en la escuela: no se debe mover a una persona que tuvo un accidente, pues podrían empeorarse las cosas. Una columna fracturada podría dislocarse, o podría producirse un aumento en las hemorragias. Esto se lo cuenta a la señora Beauregard con voz calmada.

—Todo va a estar bien —le dice una y otra vez.

En la cara de la señora se pinta una expresión de sorpresa. Es como si, por primera vez en mucho tiempo, se diera cuenta de que le importa a alguien. El niño se detuvo para ayudarla. Se quitó el abrigo para que ella estuviera más cómoda. Tal vez el mundo no es un lugar totalmente miserable. A lo mejor hay momentos de maravillosa gracia. —Eres un joven muy considerado —murmura—. Gracias, hijito.

●●●

Domingo por la tarde. Víctor y Mami regresan y se encuentran con una tranquila reunión en la sala. Tía Lola y el coronel están sentados en sus mecedoras, acompañados por dos desconocidas, una de ellas enyesada. Las niñas Espada y Miguel y Juanita están terminando sus tareas. Linda y Víctor se miran alzando las cejas. ¡Los niños haciendo sus tareas sin que sus padres tengan que recordárselo!

Tía Lola y el coronel han acordado contarles las noticias a Linda y Víctor en porciones pequeñas, pues si no, podrían sentirse tentados de cerrar el B&B, en especial si se les ofrece todo el menú de los contratiempos del fin de semana.

Y ahora, más que nunca, el pueblo va a necesitar un nuevo hotel, pues la señora Beauregard piensa cerrar el suyo. Las dos hermanas se han pasado el día conversando. Odette confesó sus fechorías y pidió que la perdonaran. Entre tanto, Margaret asumió la responsabilidad por su propia testarudez, por abandonar a su hermana y a su sobrina pequeña a su suerte. El sheriff ya pasó por la casa y, aunque nadie está poniendo una denuncia, la señora Beauregard y Henny accedieron a inscribirse en un programa de reeducación y a recibir terapia.

¿Qué fue lo que les hizo cambiar de vida? En el caso de Henny, que Essie confiara en ella. —Ahí estaba esta niña confiando en mí, mientras yo hacía cosas malvadas. Me sentí así de insignificante —dice, juntando el pulgar y el índice.

En el caso de su madre, lo que derritió su frío corazón fue la consideración de Miguel. —Este niño, que no me debía nada, se ocupó de mí. Nunca lo voy a olvidar —los ojos de la señora Beauregard se llenan de lágrimas.

Miguel confiesa. Fue su plan para atraer a la señora con los bichos de plástico lo que le produjo la caída. —Lamento mucho que se haya lastimado.

Pero la señora Beauregard no lo recrimina. Esa caída ha llevado a que ella se levante de lo bajo que había llegado. —Maravillosa gracia, como dice la canción. Hiciste una buena obra al detenerte —en realidad, cuando la señora cayó, Miguel ni siquiera lo pensó dos veces. Claro que corrió a ayudarla. Es lo que debemos hacer como miembros de la tribu humana. Margaret Soucy te lo puede decir.

Pero la mayor sorpresa del fin de semana es que Margaret Soucy ha decidido volver a casa. Está cansada de viajar, de todos estos vuelos en avión, excursiones a lomo de elefante, caminatas por desiertos y selvas. Todas esas frugales comidas de arañas y grillo y leche de yak. Tiene deseos de colgar definitivamente sus binóculos y su sombrero de exploradora, y de establecerse con su hermana y su sobrina y guiarlas hacia una vida más sana y feliz.

Víctor contempla la entrañable escena. —Qué bonito encontrarlos a todos sanos, salvos y felices —su mirada cae en las hermanas Soucy—. Me parece que no nos han presentado.

—Son dos sobrinas mías —dice el coronel Charlebois. Es la verdad, desde la infancia, las dos Soucy, que vivían cerca de la granja de la familia del coronel, lo han llamado tío Charlie. Bien podrían considerarse parientes.

Una vez que terminan las presentaciones, Linda y Víctor intercambian una larga mirada. Parece que ellos también tienen noticias para darles. Pero primero Mami pregunta: —¿Y entonces, qué tal estuvo el fin de semana?

Nadie pronuncia palabra. Todos miran al piso, para no cruzar la mirada con nadie más y explotar de risa. Gracias a Dios que Margaret Soucy está allí, y ella nunca ha dejado pasar un silencio sin llenarlo con los relatos de sus aventuras.

—Pues les estaba contando a los niños sobre la temporada que pasé entre los itabo.

—Exactamente —afirma el coronel—. Historias fascinantes.

—Y yo estaba contando de mi infancia en el campo —tía Lola no es de las que se quedan atrás cuando se trata de contar historias. Es otra de sus estrategias, junto con la del "filo de la cuña" y la del "mensajero que no ha regresado". Se llama la estrategia de "las mil y una noches". Sucede cuando uno se encuentra en una situación complicada y empieza a contar historias para salvar su vida. Una historia da pie a la siguiente y así sucesivamente. Para cuando uno ha contado mil y una historias, ya nadie se acuerda de por qué querían cortarle la cabeza ni cerrar el B&B de alguien.

Víctor y Linda escuchan encantados lo que relatan Margaret y tía Lola. Después, en una pausa de silencio entre una y otra historia, Cari hace la pregunta que calla a todos los contadores de historias. —Lo que yo quiero saber es si vamos a seguir con el B&B de tía Lola o no.

Todos se vuelven a mirar a tía Lola. —Vamos a ver —dice ella con tono misterioso, guiñándole el ojo al coronel. Ya veremos.

capítulo 9

De cómo Cari obtuvo su respuesta y se formó
una BIG nueva familia

¿Se acuerdan de esa mirada que cruzaron Víctor y Linda? Durante el fin de semana que estuvieron fuera, los dos tuvieron ocasión de hablar.

Víctor finalmente confesó que no quiere seguir ejerciendo como abogado, y ha sido la mejor decisión. ¡Su trabajo de tiempo parcial como entrenador en la universidad se volverá de tiempo completo a partir de enero! Está feliz con esta oportunidad de hacer realidad sus sueños.

Y ese no es el único sueño que se hará realidad. Víctor le propuso matrimonio a Linda, ¡y ella aceptó!

Pero ahora necesitan la ayuda de tía Lola. ¿Cuál es la mejor manera de decirles a los niños que quieren casarse y formar una gran familia con todos ellos?

Mientras tía Lola le da vueltas al problema, recibe una llamada de Daniel y Carmen, en Brooklyn. Han estado hablando sobre dónde y cuándo casarse. Desde que durmió en la habitación romántica del B&B, Carmen sueña con quedarse allí para su luna de miel. Los dos quieren venir a Vermont este fin de semana, para ver opciones y afinar detalles.

Así que tía Lola planea el fin de semana más ambicioso que haya habido hasta ahora en su B&B: todas las familias dormirán bajo un mismo techo. Carmen y Daniel y Linda ocuparán las tres habitaciones de huéspedes; Víctor, los niños y tía Lola se quedarán arriba en el ático. Será un ensayo para ver cómo es eso de la gran *big* nueva familia que niños y adultos van a formar.

—Tal vez debía irme a quedar a la casa de la granja —ofrece el coronel.

Tía Lola no quiere ni oír hablar del asunto. —¡Usted no puede irse, coronel! Debe quedarse para ayudarme. Al fin y al cabo, usted y yo somos los padrinos.

—Yo de eso no sé —dice el coronel irritado. Eso de que le digan padrino le suena a las hadas madrinas de los cuentos. Pasó demasiado tiempo de su vida en el ejército, pero el último año, con la familia de Miguel y Juanita, se ha suavizado su carácter huraño, y la llegada de los Espada también lo ha dulcificado—. Mientras no tenga que andar por ahí con una varita mágica y con alas en lugar de mi uniforme, supongo que puedo unirme a la partida.

Tía Lola le promete que no habrá varitas ni alas, y lo confirma al hacerle el saludo militar.

●●●

La noche anterior a que lleguen todos los papás, tía Lola y el coronel se reúnen con Miguel y Juanita y las hermanas Espada. Ninguno de los niños conoce la razón exacta del encuentro de los papás, pero no son tontos. Ya se huelen lo que está por llegar.

—La gran sorpresa: nuestros papás se echaron el gancho uno a otro —dice Essie y suspira dando a entender que ella ya ha pasado por algo así.

Tía Lola la mira con las manos en las caderas.
—Esperanza Espada, para tu información una familia involucra mucho más que simplemente eso que dices de "echarse el lazo", ¿cierto, coronel?

—¿Y yo cómo lo voy a saber? —responde el coronel con brusquedad. El ejército ha sido su única familia durante toda su vida adulta—. Pero claro, me imagino que es así —aceptó ser padrino, con lo cual se convierte en una autoridad en una buena serie de cosas.

—Es extremadamente importante que cada uno de ustedes participe en este nuevo matrimonio de sus padres —la voz de tía Lola toma un tono grave. La atmósfera en la habitación se hace sombría.

—No entiendo, tía Lola —dice Juanita, a nombre de todos los demás—. ¿Qué se supone que debemos hacer? No somos nosotros los que nos vamos a casar.

—¿Ah, no? —tía Lola levanta las cejas y mira al coronel, como si no pudiera creer que estos niños hubieran llegado tan lejos en la vida sin saber qué es qué—. Sus papás no solo van a casarse con sus nuevas parejas, sino que estas se convertirán en sus nuevos padrastros y madrastras. Es el momento de señalar todo lo que ustedes quisieran ver en su nueva familia, y lo que quieran conservar de la anterior.

Tía Lola es muy amable al pensar en los intereses de los niños, pero a ellos en realidad no les preocupa mucho el asunto. Y la mala fama de las madrastras en los cuentos de hadas los tiene sin cuidado. Todos sus futuros padrastros y madrastras son gente muy simpática.

—Ustedes son unos niños con mucha suerte —dice tía Lola como si les leyera la mente. Pero tiene una razón para afirmarlo—. En este país, los niños no tienen más que un núcleo familiar: papá, mamá, y ya —les muestra las manos abiertas, vacías—. Tan pocas personas que los quieran y a las cuales querer. En mi país, tenemos familias enormes, con mamá, papá, abuelitos, tíos, tías, primos, primas y muchos amigos. Ahora ustedes también tendrán una gran familia en este país —tía Lola empieza a enumerar: Linda, Víctor, Daniel, Carmen, Abuelito, Abuelita, el coronel...

—Pero espera, tía Lola —la interrumpe Essie—. Daniel y Carmen no son familia nuestra —señala a sus hermanas y a sí misma.

—¿Que no? ¿Cómo no? Claro que lo van a ser. Daniel es el papá y Carmen será la madrastra de sus hermanastros. Así que son su padrastro segundo y madrastra segunda.

Essie queda satisfecha con esa explicación. Al fin y al cabo, las Espada han llamado a Carmen "tía" desde siempre. Carmen y Papá solían trabajar juntos en la misma firma de abogados de Nueva York. De hecho, si Carmen no hubiera recomendado a Víctor para la audiencia de inmigración de tía Lola, esta historia sería muy diferente.

—En algún momento de este fin de semana tendremos una gran reunión con la familia entera —tía Lola abre los brazos, como si quisiera abrazarlos a todos—. Cada uno de ustedes tendrá su oportunidad para expresar sus deseos.

—¿Hay un límite? —tenía que ser Essie la que preguntara.

—Como son tantos, ¿por qué no escoge cada uno algo que quiera para su nueva familia y algo que quisiera conservar de su familia anterior?

Durante el resto de la noche en el B&B de tía Lola, los niños están callados, pensando en sus recuerdos, sus expectativas y sus sueños. Hasta Valentino contempla meditabundo la chimenea encendida, pensando en la mejor manera de expresar sus propios deseos perrunos.

●●●

Sábado en la noche, luego de que todos los huéspedes han tenido el día entero para instalarse bien, tía Lola convoca una reunión en la sala. —Todos, incluyendo a nuestra mascota —añade.

135

Tía Lola explica la razón de la reunión. Que pronto todos se convertirán en una sola familia. Que en una familia, todos tienen voto, igual que en ese gran país que son los Estados Unidos, con gente que viene de todas partes del mundo para formar una nación todos juntos. —Ustedes, los adultos, han tenido ocasión de compartir sus esperanzas y temores unos con otros. Ahora los niños quieren su turno para hacerlo.

Tía Lola mira a los niños, que están sentados apiñados para darse apoyo moral. —¿Quién quiere empezar?

Nadie se sorprende de que sea Essie. —Todas acordamos que hay algo que quisiéramos conservar, Papá —y de repente, aunque parezca imposible, Essie se queda sin palabras. Se vuelve hacia su hermana mayor—. Dilo tú.

—Muchas gracias —murmura Victoria entre dientes. Cuando se enfrenta a algo que no quiere hacer, Essie sale con que "Tú eres la mayor"—. Digamos primero lo que queremos para nuestra nueva familia, ¿okey? —propone, retrasando el momento difícil.

Esta parte no representa ningún problema para Essie. —Yo quisiera que toda nuestra nueva familia... ustedes también —y les hace una seña a Daniel y Carmen. Y antes de que Papá la pueda frenar con una de sus miradas, Essie dice su deseo a la carrera—: Quisiera que todos fuéramos a Disney World como prometiste, Papá —a principios de año, Papá dijo que consideraría la idea de ir a Disney World. En lugar de eso, llevó a sus hijas a Vermont. Essie tiene que reconocer que ha resultado ser divertido, pero no puede dejar de sentir que no obtuvo lo que realmente quería.

Aunque parezca increíble, Papá contesta: —Bien, Essie, estás de suerte.

Linda explica: —Tu papá y yo hemos estado hablando de ir a República Dominicana, para que mi familia de allá conozca a su nueva familia, y Disney World está de camino...

Antes de que pueda terminar, la habitación estalla en gritos y aplausos. ¡Dos viajes fantásticos en uno solo! Essie se alegra más que nadie. Está tan eufórica que choca palmas con todos, hasta con Valentino. Al final, se calma para que su hermana pequeña pueda hablar.

—De cosas nuevas, yo quisiera una hermanita —murmura Cari—. Prometo cargarla con las dos manos —y muestra cómo lo va a hacer.

—Definitivamente vamos a ocuparnos de eso —le promete Carmen, mordiéndose el labio para no sonreír—. Aunque puede ser que resulte un hermanito. ¿Te parecería bien?

—Mientras sea más chiquito que yo... —dice Cari, aliviada porque su deseo sea tomado en serio.

Victoria le lanza una de sus miradas asesinas a su hermana mediana. *No te atrevas.* Sería típico de Essie burlarse de su hermana menor, recordándole que, ya sea hermanito o hermanita, tiene que ser más chiquito que ella. Pero Essie ni lo nota, pues está perdida en Disney World, cayendo como un bólido desde la Montaña Espacial, gritando hasta quedar ronca.

Victoria es la que sigue. Se limita a pedir cosas tras su fiasco con el deseo de conocer a un muchacho y lo sucedido con el equipo de waterpolo. Se decide por algo que no sea demasiado personal, para así no sentirse mal si la cosa no resulta. —Ya sé que esto va a sonar extraño porque somos méxico-americanos, Papá, pero nos has contado que te criaron casi exclusivamente en inglés. Ustedes, Miguel y Juanita, saben mucho más español —hace un gesto hacia ellos—. Me gustaría mucho que a veces, entre nosotros, habláramos en español. Algo así como que la familia le dedique un día de la semana a eso.

¡Din don! El timbre de tareas escolares suena en la cabeza de Miguel. Aunque también le da gusto que elogien su español. Y con tía Lola a cargo, este deseo puede terminar siendo muy divertido. El único problema es su hermana. Tener una segunda lengua no va a servir sino para darle más terreno a Juanita para jactarse de lo especial que es.

—No hay problema, ¿cierto, tía Lola? —dice Juanita, como si le hubieran dado pie.

Victoria respira hondo. Aquí va su petición incómoda: —En cuanto al deseo de conservar algo de nuestra familia anterior... —Victoria titubea. No quiere lastimar los sentimientos de nadie, pero con una madrastra a punto de entrar en escena, las tres hermanas buscan desesperadamente una manera de incluir a su propia mamá en esta nueva familia.

—Tiene que ver con Mamá —Victoria mira a su padre, no muy segura de si debe continuar.

—Continúa, Victoria. Está bien —la tranquiliza este.

—Queremos seguir haciendo algo especial para el día del cumpleaños de Mamá —y faltan las palabras más difíciles—. Solo nosotros —es una tradición que se les ocurrió cuando murió su madre, tres años antes. En el primer aniversario de su cumpleaños, se fueron todos a Montauk, una playa que a Mamá le encantaba. En el segundo, asistieron a un concierto de música muy bonita que a Mamá le gustaba tocar en el piano. Este año fueron a acampar cerca de una cascada donde Mamá y Papá pasaron su luna de miel.

Víctor abraza a sus tres hijas llorosas. — Claro que vamos a seguir teniendo nuestro día especial —les promete.

—¡Qué bonita manera de recordar a su mamá! —dice Linda, llorando también.

Más que cualquier otra cosa que pueda decir, estas palabras le granjean el cariño de las tres hijas de Víctor. No tendrán que escoger entre su mamá y su madrastra. Víctor suspira con alivio, y mira con gratitud a su prometida.

—Nuestro turno —interviene Juanita, ansiosa por decir lo que quiere conservar de su antigua familia. Ya ha hecho los cálculos. Hay cuatro habitaciones grandes en el segundo piso de la casa de la granja, y dos más pequeñas en el ático, una de las cuales es la de tía Lola. No habrá suficiente espacio para que cada quién tenga su propio cuarto. —Quiero poder quedarme con mi habitación para mí sola.

—Ya veremos —dice su madre sin comprometerse.

Juanita continúa, como si su mamá hubiera accedido. —Y en cuanto a mi deseo nuevo —Juanita trata de evitar la mirada de Essie—, quiero cambiar la decoración de mi cuarto para convertirlo en la habitación de una novia.

Una Essie en estado de shock llega volando desde la Montaña Espacial. ¿Otra niña niñita en la familia? Pero sabe que no es momento de mostrar su desagrado llevándose el índice hasta el fondo de la garganta, para arriesgarse a que Papá cancele el viaje a Disney World hasta que Essie aprenda modales.

—En cuanto a mi otra familia...

—Ya formulaste tus dos deseos —señala su hermano.

—Pero es que nosotros tenemos no solo nuevo padrastro sino también nueva madrastra —apela ante su tía—. ¿No es cierto, tía Lola, que podemos expresar dos deseos por cada nueva familia?

Antes de que tía Lola dé su veredicto, Carmen alega a favor de Juanita: —De verdad que me encantaría oír propuestas de cosas que conservar de tu familia anterior.

—Quisiera poder seguir viajando a Nueva York

cuando quiera ver a Papi —se le sale a Juanita tan pronto como tía Lola señala su asentimiento. Y luego, sin mayor advertencia, se echa a llorar. Los adultos pasan todos al modo de consolación. Mami la rodea con el brazo; Carmen le toma la mano que tiene libre; Papi le acaricia la cabeza. —Claro que sí, claro que sí —le dicen todos como si fuera una bebé.

Si su hermana se hubiera apegado a las reglas, habrían podido evitar esta escenita. Más aún porque el deseo de Miguel era exactamente ese, y hubiera podido decirlo a nombre de ambos, sin llanto.

Juanita se sacude por última vez. —Tu turno, Miguel —gimotea.

—Yo estoy de acuerdo con ese deseo —dice, tratando de evitar otra lloradera—. Y en cuanto a mi nueva familia, me gustaría poder invitar a algún amigo a dormir, incluso entre semana —Mami le permite invitarlos en los fines de semana. Pero con tantas niñas alrededor, de vez en cuando va a necesitar otro niño en la casa, también en día de semana—. Es que son muchas hermanas —agrega, ya que su madre parece que quisiera vetar su petición. Pero la palabra "hermanas" la conmueve. El filo de la cuña, diría tía Lola.

—Pobre Miguelito —dice Mami comprensiva.

Hay otro deseo que Miguel pediría si pensara que iba a servir de algo. No quiere que lo vuelvan a llamar "Miguelito". Ya es suficientemente malo perder su lugar de hermano mayor con la llegada de Victoria. Al menos seguirá siendo el mayor hijo varón.

—A lo mejor podemos organizar una noche de hombres —propone Víctor—. Ir al café de Rudy y después ver alguna película. En verano, jugar un poco de béisbol.

¡Eso suena increíblemente bien! Pero Miguel no quiere verse demasiado emocionado por temor a herir los sentimientos de su papá. No importa qué tan maravilloso sea Víctor como padrastro, jamás de los jamases va a reemplazar a Papi.

—Me parece que todos los deseos son *cool* —dice su padre. Víctor asiente con la cabeza. Entre tanto, Linda y Carmen se secan las lágrimas, emocionadas por todo este espíritu de afecto entre las familias.

Como si fuera la campana que señala el final de la reunión, Valentino empieza a ladrar. La sala estalla en carcajadas, pensando que Valentino está haciendo su papel de perro listo que quiere comportarse como humano. Ladra de nuevo, con más insistencia.

Tía Lola interviene por él. Tras varios meses, ha aprendido a entender bastante bien el lenguaje perruno. —Valentino dice que quiere su turno. En cuanto al deseo para la nueva familia, quiere votar por que se vayan a vivir al campo, donde él puede correr en libertad.

Los niños se lanzan a aplaudir. La verdad es que, si uno va a vivir en Vermont, tiene más sentido que sea en el campo, entre ondulantes colinas y verdes pastizales. Un perro podría pensar que no necesita haber muerto para sentirse en el cielo.

Tía Lola ladea la cabeza y atiende a los ladridos suaves y jadeos de Valentino para asegurarse de que comprende. —En cuanto a lo que quiere conservar de su familia anterior, vota porque se mantenga abierto el B&B de tía Lola.

Víctor y Linda están a punto de decir "Ya lo veremos". ¿Cómo van a hacer para vivir en el campo y mantener el B&B en el pueblo? Pero los gritos y aplausos de los cinco niños, los dos padrinos y los ladridos insistentes de Valentino los hacen callar.

Los cuatro padres intercambian una mirada de preocupación. Es como si acabaran de echar los números y darse cuenta de que están en problemas. Con cualquier cosa que vaya a ser sometida a votación, corren el riesgo de salir perdiendo.

capítulo 10

De cómo se cumplió el deseo de tía Lola

No se puede negar que hay una contradicción en los deseos de Valentino, y Víctor se encarga de señalarla una vez que los niños se calman. No es posible vivir en el campo y manejar un B&B en el pueblo.

—Al menos podemos cumplirte la mitad de tu deseo, viejo amigo —consuela Víctor a Valentino. La familia se trasladará a la casa de la granja tan pronto como él se case con Linda.

—¡Y yo puedo encargarme de la otra mitad! —ofrece tía Lola. Nada le gusta más que hacer realidad los deseos—. Cuando tu familia se vaya a la casa de la granja, yo me iré —lo anuncia con tanta alegría que los niños no lo pueden creer. ¡Es la peor noticia del mundo! ¿Tía Lola no va a quedarse? ¿Fue nada más una visita, a fin de cuentas?

¡El deseo de Juanita salió mal! Está dispuesta a

144

dormir en el cobertizo del jardín si hace falta, con tal de que tía Lola se quede con ellos. —Por favor, tía Lola, compartiré mi cuarto contigo, pero no te vayas de vuelta a República Dominicana.

—Si tú te vas, ¡yo también! —Essie cruza los brazos y levanta la barbilla con gesto desafiante. Pero se da cuenta demasiado tarde de que no es una jugada inteligente. Uno no renuncia a una familia con la que quiere ir a Disney World.

—Un momento —dice tía Lola levantando una mano. ¿Quién habló de irse del país? Ella se refería a irse de la granja—. Me mudaré al pueblo para administrar el B&B, si el coronel está de acuerdo. Y así no se quedará solo.

—No se preocupen por mí —dice el anciano con aspereza, pero lo conmueve el ofrecimiento de tía Lola. Se ha acostumbrado a la buena compañía. Y por eso disfruta de tener un B&B en su casa, pues eso le trae gente interesante a la puerta de su casa, ahora que ya no puede viajar por el mundo entero para encontrarla.

—Para mí también será un placer comenzar una nueva aventura, coronel —eso sería un deseo de tía Lola que se haría realidad: tener su propio lugar al cual el mundo entero pueda venir de visita—. ¡Y si cualquiera de los niños quiere pasar una noche, una semana, un mes en el pueblo, será más que bienvenido al B&B de tía Lola!

—Me suena a que estamos obteniendo lo mejor de dos mundos —dice Papá, poniéndose a favor de la

145

idea que hace un momento parecía imposible—. Pero hay una cosa que todavía me intriga —agrega, y fija la mirada en la mascota de la familia—: ¿por qué iba a votar Valentino por que el B&B siga abierto si él va a vivir en el campo?

Tía Lola se encoge de hombros: —Tendrás que preguntarle.

Valentino bate la cola ante su amo, que es la manera perruna de sonreír y eludir la pregunta. Por más que le guste el campo, Valentino planea ser un visitante frecuente del B&B de tía Lola en el pueblo. Se ha dado cuenta de que los huéspedes suelen ser bastante generosos en cuanto a bocados sabrosos y cariños, en especial si él hace cosas lindas como subir a buscar las pantuflas cuando se sientan frente a la chimenea o traer el periódico cuando están desayunando. Sin embargo, tal vez no sea buena idea compartir este descubrimiento con Víctor, pues lo siguiente que puede encontrarse es un letrero en el comedor que diga: "Favor de no darle comida al perro".

—Definitivamente va a ser un año lleno de emociones —exclama Carmen alegremente—: dos bodas, una mudanza al campo, un B&B permanente en el pueblo.

—¡Dos viajes! —agrega Essie rápidamente.

—Y una gran fiesta de cumpleaños —dice tía Lola, volteando a mirar al coronel, que hace un gesto de rechazo como cuando a uno le da el sol en los ojos.

—¡Ni se hagan ilusiones! —le dice. Pero es como

decirle a alguien "no se fije en el elefante que hay en el cuarto". Nadie puede dejar de pensar en eso: el cumpleaños número ochenta y cinco del coronel el 9 de diciembre.

❋❋❋

Esa noche, Miguel tiene un sueño. ¡Otra vez lo persiguen los caníbales! Esta vez lo atrapan y lo llevan a su aldea, donde está seguro de que lo espera una gran olla de agua hirviente. En lugar de eso, le dan la sorpresa más increíble: toda la tribu lleva gorritos de fiesta y tiene pitos y serpentinas. Sentada en medio del círculo, con todos cantando el "Happy Birthday" en español está tía Lola.

Cuando se despierta, se queda en cama preguntándose cuándo será el cumpleaños de tía Lola. Cada vez que le pregunta a ella, tía Lola no hace caso.

Miguel aborda a su mamá al salir de su cuarto, pero la propia Mami tampoco está segura. Solo sabe que es algún día de diciembre.

—Cuando yo era niña, éramos tan pobres que tía Lola siempre pasó por alto su cumpleaños, pero sí se ocupaba de celebrar el mío, y me contaba una historia especial —en cuanto a saber qué edad tiene tía Lola, Mami tampoco está segura—. Es como su lunar, que a veces está aquí, a veces allá —Mami señala su mejilla derecha y luego el centro de su frente—. A veces tía Lola tiene cincuenta y dos años, a veces cincuenta y cinco —el punto es que tía Lola es joven de corazón, sin importar lo que diga el calendario—. ¿Y por qué esta repentina curiosidad por la fecha de su cumpleaños?

Así que Miguel le cuenta a Mami de su sueño, y que de ahí le surgió la idea. —Debemos organizarle a tía Lola una fiesta de cumpleaños este año. Como tú misma dijiste, nunca ha tenido una.

Mami titubea. —Es una idea muy bonita, pero no conoces a tu tía. Es peor que el coronel, y además puede desplazarse. En cuanto descubra que le estamos organizando una fiesta, saldrá corriendo. Puede que se vaya lejos, tan lejos como hasta República Dominicana.

Eso sería un gran problema. —Entonces, que sea una fiesta sorpresa —propone Miguel.

—¿Y tú crees que es posible ocultarle algo a tu tía Lola?

Pero Miguel cree que sí es posible. Al fin y al cabo, Essie y él pudieron guardar el secreto de toda la operación Margaret-Henny sin que ella se enterara. Claro, fue un asunto de menos de veinticuatro horas, y para diciembre todavía falta un mes.

Mami pone cara de travesura. —La única manera en que podría funcionar es si logramos esconder ese secreto con otra excusa. Supongamos que combinamos la fiesta de tía Lola con la del coronel, pero hacemos que la de tía Lola sea medio sorpresa. Por supuesto que tendríamos que mantenernos absoluta y totalmente... —Mami hace el gesto de cerrarse la boca como si tuviera un zíper.

Para Miguel eso no tiene inconvenientes. Pero no se puede decir lo mismo de la señorita bocazas, también conocida como "la incapaz de guardar un secreto", o sea Juanita. Luego de hacerla prometer y jurar silencio a costa de su vida, tantas veces como para aniquilar a un pequeño ejército, Miguel le cuenta el plan. —¡GENIAL! —grita—. ¡Ups, perdón! ¡Lo siento! Quise decir genial —se inclina y murmura.

Mami le cuenta a Víctor, y este llama a Carmen a la firma de abogados en la que solía trabajar, cuando representó a tía Lola. Carmen busca en el archivo la solicitud de tía Lola para permanecer en los Estados Unidos, en la que figura su fecha de nacimiento. Resulta que tía Lola cumplirá cincuenta y seis años el 12 de diciembre. Víctor y sus hijas quedan involucrados en la mitad secreta de la fiesta de cumpleaños. Pero no van a decirle ni palabra al coronel. Empezaría a dar lata otra vez, sobre la mitad de la fiesta que sí es en su honor. Entre tanto, Carmen ya le preguntó si ella y Daniel podrían ir a la fiesta y llevar a los abuelitos. Nadie quiere perderse la primera fiesta de cumpleaños de tía Lola, así vaya a cumplir cincuenta y seis años.

● ● ●

Con tantas emociones en el aire (una fiesta, dos bodas, dos viajes en uno, un B&B que seguirá en operación), tía Lola no detecta el entusiasmo adicional de los niños por la mitad de fiesta sorpresa para ella.

Pero unas cuantas veces está a punto de descubrir el secreto.

A veces, uno de los niños deja escapar un comentario ("¿Ustedes creen que el segundo bizcocho debía ser rosa o morado?"). O tía Lola comienza a añadirle más y más elementos a la fiesta del coronel (un desfile, con la banda de la Escuela Primaria Bridgeport a la cabeza; Woody, el hijo de Rudy, haciendo sus trucos de magia), sin darse cuenta de que con eso está haciendo más fantástica su propia fiesta. Los niños deben tener las marcas que dejan los dientes en los labios, de tanto morderse para no soltar la carcajada.

Las reuniones de planeación han sido lo más difícil, pues tía Lola insiste en estar presente. Al fin y al cabo, fue su idea organizarle una fiesta de cumpleaños al coronel.

En la última reunión, Victoria anuncia que tienen más de cien invitados.

—¡¿Cien?! —tía Lola no lo puede creer. Durante las veladas en la sala, apenas han logrado sonsacarle unos cuarenta nombres al renuente coronel.

—Las personas tienen amigos, tía Lola. Mira lo que sucede en tu caso —insinúa Essie, riendo. Eso es precisamente lo que está pasando: tía Lola tiene muchos amigos, y por eso la lista de invitados sigue aumentando. Las risitas parecen ser contagiosas. Primero es Juanita la que sigue el ejemplo de Essie, y después Cari.

Victoria las reprende con la mirada. ¡Van a estropear

la sorpresa! —A ver, gente, necesitamos organizar unos comités —dice Victoria, tratando de distraer a tía Lola, que sigue desconcertada con la lista de invitados. Es mejor cambiar de tema. Y aquí aparece de nuevo la tablilla de Victoria—. Yo me encargo de las invitaciones y la comida —en realidad, para lo segundo no tiene más que coordinar quién va a cocinar qué. La fiesta es multitudinaria, y por eso lo lógico sería que cada quién llevara un platillo preparado, y armar un gran buffet con todos.

Essie se ofrece para hacerse cargo de la decoración, y convence a Miguel de ayudarla.

—Asegúrense de ir adonde Estargazer —les recuerda tía Lola. La tienda de esta amiga suya está llena de cosas interesantes y bonitas.

—No hay problema —dice Essie, y desata una ronda de risitas. Tía Lola ríe también, de buena gana. Los niños con frecuencia le hacen bromas por usar en exceso su mantra preferido.

Pero en realidad los niños se ríen por una coincidencia graciosa. Como regalo de su fiesta sorpresa de cumpleaños, ellos y sus padres decidieron mandar a hacer un letrero para el B&B de tía Lola. Cuando fueron a la tienda de Stargazer para ordenarlo (¿quién lo iba a decir?), descubrieron que tía Lola había ido allá a buscar lo mismo. ¡Perfecto! Obtendrá exactamente lo que pide. Stargazer seguirá adelante y llenará las especificaciones según lo que tía Lola pidió, y luego lo instalará en casa del coronel justo antes de la fiesta. La parte problemática será impedir que pague por el letrero.

Nuevamente, Victoria tiene que impedir que el grupo estalle en carcajadas para que tía Lola no sospeche. —Juanita, ¿qué tal si tú te encargas del entretenimiento?

—¡Claro! —a Juanita le encanta disfrazarse y montar comedias—. También puedo hacerme cargo de las flores. Stargazer tiene unos girasoles preciosos que parecen de verdad. Y ya saben que son las flores preferidas de ella —Juanita traga en seco al detectar su metida de pata. *Ups, lo siento*, dice con la mirada.

—¿Las flores preferidas de quién? —pregunta tía Lola.

—¿Las del coronel? —contesta Juanita, como si estuviera haciendo una pregunta.

—Pero dijiste "las preferidas de ella".

—¿En serio? —Juanita finge una sonrisa y mira a sus cómplices a la espera de que alguien la rescate—. Debiste oír mal, tía Lola. En todo caso, me refería a las favoritas del coronel.

Gracias a Dios, Cari escoge ese momento para sentirse excluida. Todos van a formar parte de un comité. —¿Y yo qué?

Tía Lola la mira perpleja. ¡Como si tuviera que preguntar! —¿Quién más va a hacerse cargo del comité de cubiertos, y pulir la platería y doblar las servilletas? Además, ¿estás segura de que podrás hacerlo solita?

152

Cari asiente con aires de importancia. Como diría el coronel, se reporta para el deber.

En cuanto tía Lola abandona la habitación, los niños estallan en carcajadas. Valentino ladra. Y eso le recuerda algo a Cari. —¿Y qué pasa con Valentino? ¿De qué se va a hacer cargo él?

A Miguel se le ocurre un comité del cual puede formar parte Valentino. —Puedes ser el presidente del comité de distracción. O sea, si estamos hablando de tía Lola, y la oyes venir, ladras para que no sigamos. O si estamos preparando algo, la distraes a ella para que podamos esconder lo que estemos haciendo. Parece que es un trabajo del que puedes encargarte, ¿cierto?

Valentino ladra, ¡seguro que sí! Los niños se ríen, y ladra de nuevo. Entre más se ríen, más ladra. Así que tía Lola vuelve a asomarse pronto. —¿Qué está pasando aquí? —va pasando de una cara a otra, como si hubiera extraviado algo en alguna de ellas y lo estuviera buscando.

—Estábamos... eeeee... enseñándole... a Valentino...

—A cantar el "Happy Birthday" —dice Essie saliendo al rescate de la desfalleciente Juanita.

—Mmm —a tía Lola le pareció que había oído ladrar a Valentino sobre una fiesta sorpresa. Más vale que perfeccione su lenguaje perruno. Últimamente ha sentido que no está oyendo tan bien, como si no entendiera parte de lo que está sucediendo.

Me estoy poniendo vieja, supongo, suspira tía Lola. Cumplirá cincuenta y seis años el 12 de diciembre. Un secreto del que nadie debe enterarse. Claro que Linda insistirá en hacer alguna celebración en diciembre, ya que tía Lola nunca ha querido confesar la fecha. Pero a lo mejor este año, con tantas cosas que estarán sucediendo, a Linda se le va a olvidar y el cumpleaños de tía Lola pasará inadvertido.

●●●

A medida que octubre se convierte en noviembre, y las semanas transcurren, el entusiasmo crece. Los planes se van definiendo. La fiesta tendrá lugar en la casa del coronel en el pueblo, que ya empieza a conocerse como el B&B de tía Lola. Esta vez no hay peligro de que las invitaciones resulten alteradas. Odette y Henny están ayudando a llenarlas. Cada invitación va acompañada de una nota que explica que la mitad de la fiesta es una sorpresa para tía Lola, que cumplirá cincuenta y seis años tres días después del cumpleaños del coronel. Al pueblo entero sí que le cuesta mantener el secreto.

Hasta el coronel está entrando en el espíritu de los festejos venideros que, por supuesto, piensa que son solo para él. Toda la gente que estima se reunirá bajo un solo techo. —Será como asistir a mi propio funeral, pero teniendo la oportunidad de disfrutarlo.

—Oh, no diga eso, coronel, por favor —le ruega Victoria al caballero. Detesta los funerales, en especial los de la gente que ama.

Essie es más directa: —Más le vale no morirse, o lo mataremos, coronel.

Mientras tanto, tía Lola va perdiendo su entusiasmo. Adonde quiera que va, la conversación se acaba, y luego empieza de nuevo, para incluirla cortésmente. Pero ella se da bien cuenta de que la gente no parece contenta de verla.

Cuando pone el tema de la fiesta del coronel Charlebois, para la cual solo faltan unas semanas, no deja de notar que la gente cruza miradas. ¿Sería que Victoria se olvidó de invitarlos?

Pero la joven confirma que esas personas sí recibieron sus invitaciones. —¿Sucede algo malo, tía Lola? —pregunta la mayor de las Espada. Su amiga, normalmente alegre, se ve triste, cosa que no es frecuente.

Tía Lola niega con la cabeza. Pero no agrega su vivaz mantra de "No hay problema". No quiere preocupar a la dulce Victoria, pero en los últimos tiempos se ha preguntado si el pueblo entero empieza a aburrirse de ella. A lo mejor el B&B no es tan buena idea. ¡Y justo ahora que incluso mandó a hacer un letrero! Cada vez que trata de pagarlo, su amiga le dice que no se preocupe por el momento. Es como si Stargazer estuviera a la espera de que tía Lola se olvidara de todo el negocio del B&B y se dedicara más bien a ser una tía común y corriente, de las que se quedan en casa.

El colmo sucede un sábado en la tarde, una semana

antes de la fiesta. Tía Lola anda por el pueblo haciendo mandados y decide pasar a saludar a su viejo amigo Rudy. La puerta del Café Amigos está cerrada con llave, lo cual es extraño, aunque es la hora muerta entre el almuerzo y la cena.

Tía Lola va a tocar en la gran ventana, por si Rudy estuviera en la parte de atrás. Y qué sorpresa: ahí, a plena vista, están los niños y Linda y Víctor, sentados en una mesa junto con Rudy. En cada cara hay una expresión inconfundible de "¡Ay, no, es ella!". Hasta los niños, que en otras ocasiones le han suplicado que se quedara, ahora quieren que se vaya.

Rudy va hasta la puerta y no la invita a pasar.
—Mmm... estoy muy ocupado ahora... con... mmm... el menú de la noche —se excusa. Parece que se le hubiera olvidado que hace unos momentos estaba sentado conversando muy a gusto con unos amigos.

—No hay problema —dice tía Lola en voz baja, y se despide con ademán triste de cada uno. Luego se da vuelta y recorre la cuadra, con la cabeza baja y el ánimo por el suelo.

Ante ella está la casa del coronel, con su majestuoso arce que ahora se ve tan desnudo y falto de hojas. Sus ramas largas y delgadas parecen dedos que apuntaran hacia ella. *¡Vuelve al lugar del cual saliste!* Tía Lola puede entender una indirecta. Cuando la familia viaje en Navidad, a conocer a sus parientes en la isla, ella anunciará su decisión. —Es hora de que me quede en mi propio país —adiós y *good bye* al B&B de tía Lola.

—Creo que esta vez sí la ofendimos de verdad —Victoria se ve preocupada. Está dispuesta a ir corriendo tras ella y confesar todo, incluso si tía Lola termina largándose del pueblo.

—La podemos amarrar —Essie siempre trata de exprimir hasta la última gota de dramatismo que pueda tener una situación—. Démosle té fulminante para dormirla hasta el sábado.

—Eso no es gracioso —le dice su hermana mayor.

—No he visto a la tía Lola tan triste desde hace muchos años —Linda está empezando a arrepentirse de toda la idea de una fiesta sorpresa—. No sé. A lo mejor debemos decirle la verdad.

—Pero estamos tan cerca ya... apenas falta una semana —señala Rudy.

Sin embargo, ¿quién soporta hacer sufrir a tía Lola durante un día? Mucho menos durante una semana. Cari no puede, definitivamente. —¿Y por qué no le hacemos su fiesta sorpresa ya?

—¿Ahora mismo? ¿Pero cómo? —toda la organización que ha adelantado Victoria se iría a pique—. No podemos empezar a llamar a todo el mundo. Tendrían que tener tiempo para preparar su contribución de comida para la fiesta.

Pero Víctor ha empezado a hacer señales de asentimiento en dirección a Cari. —¿Sabes, Caridad Espada, que creo que has dado con una excelente solución? En serio. Vamos a buscar un bizcocho, y a conseguir unas cuantas cosas para decorar donde Stargazer. Podemos hacer la parte sorpresa de la fiesta de tía Lola ahora, solo nosotros. Le pediremos que nos perdone y le prometeremos no volverle a hacer una fiesta sorpresa. Eso nos libera de la culpa por organizarle una fiesta de cumpleaños el sábado entrante, porque técnicamente ya no será una sorpresa —un argumento un poco enrevesado. Pero tantos años de ejercicio del derecho no han sido en vano.

—Bien está lo que bien acaba, le diremos —comenta Rudy, riendo. Todos saben lo mucho que a tía Lola le gustan los dichos y refranes.

Y se ponen en marcha a toda máquina. Rudy tiene un bizcocho que puede decorar rápidamente. Linda y Victoria van a la tienda de abarrotes a conseguir bebidas y los ingredientes para un arroz con habichuelas y pollo, el plato preferido de tía Lola. Víctor sale corriendo adonde Stargazer con Essie, Juanita y Cari.

Entre tanto, Miguel ha sido reclutado por el comité de distracción de Valentino, para asegurarse de que tía Lola se quede en casa del coronel. A lo mejor podría ir a visitar a uno de sus muchos amigos, aunque la vieron tan triste cuando se fue del Café Amigos que Miguel lo pone en duda.

Encuentran a tía Lola en el jardín de atrás, sentada en el mismo banco donde Henny se reunió con su tía Margaret. Es una tarde de invierno no muy fría, pero lo suficiente como para que Miguel se sorprenda de que su tía se quede afuera en el jardín. Ni siquiera se ha molestado en amarrarse la bufanda amarilla de la suerte alrededor del cuello, sino que pende de sus hombros como si ya no le quedara ni una gota de buena suerte.

—¿No tienes frío, tía Lola? —le pregunta.

Tía Lola niega en silencio. No, al menos no tanto frío como el que sintió cuando en el restaurante de Rudy recibió las miradas heladas de su familia. Pero tía Lola nunca diría eso. No quiere herir a su sobrino. Está creciendo y ya no necesita más a su vieja tía. Así es la vida, y no hay que hacerlo sentir mal por eso.

Miguel no está acostumbrado a ver triste a tía Lola. Por lo general, ella es la que levanta el ánimo de todos. Trata de acordarse de lo que hace ella cuando él está triste. Una de las cosas que siempre intenta es decir un refrán. —¿Cómo es que se dice *every cloud has a silver lining* en español? ¿Era "todas las nubes tienen un forro de plata"?

Tía Lola mira al cielo nublado. ¿Están forradas de plata? Así que Miguel le explica que no es que sea exactamente así. Es una manera de decir que a pesar de que tapan el sol, también tienen algo brillante y luminoso.

—¿Ah, sí? —tía Lola no se oye muy convencida.

Bueno, ese refrán no funcionó. Miguel mira a Valentino, con la esperanza perdida: es tu turno, presidente del comité de distracción. Prueba a hacer sonreír a tía Lola.

Pero Valentino le devuelve una mirada sin

159

esperanzas. Tampoco se le ocurre nada. Miguel lo intenta de nuevo: —Tía Lola, si pudieras formular un deseo en este mismo minuto, ¿qué pedirías que te hiciera muy feliz?

Tía Lola ha estado muy distante, como si su mente anduviera lejos, tal vez en República Dominicana. Pero de repente regresa, sorprendida por la pregunta de su sobrino: —Pues... supongo que desearía estar rodeada por la gente que amo. Y sentir... —agrega, suspirando—, sentir que ellos me aman y me quieren a su lado.

En ese momento, oyen voces en la casa, llamándolos. Essie asoma la cabeza por la puerta de atrás. —Están aquí afuera —les grita a los demás.

Tía Lola se pone de pie, alisándose las arrugas que se formaron en la falda, y enderezándose la bufanda amarilla. En realidad, se siente un poco mejor. —Gracias por preguntar, Miguel.

—No hay problema, tía Lola. A propósito, ¿me puedes prestar tu bufanda de la suerte un momento?

Tía Lola lo mira extrañada. —Claro que sí —dice, quitándosela. En las últimas semanas le ha traído mucha buena suerte—. ¿Pero para qué la quieres?

—Es una sorpresa. Ahora, date la vuelta y deja que te la ponga como venda sobre los ojos.

Es como si Miguel acabara de regar una planta mustia. Tía Lola le obedece, sonriendo de oreja a oreja, mientras su sobrino le pone la venda. Después, con Valentino al otro lado, Miguel la conduce a la casa, a través de la cocina, hasta el comedor, y le quita la venda.

Tía Lola parpadea. No puede creer lo que ve. A su alrededor está toda la gente que ama, con globos morados y gorritos de fiesta. —*Surprise!* ¡Sorpresa! — gritan, y empiezan a cantar el "Happy Birthday". En la mesa hay un bizcocho blanco con una vela y letras moradas que dicen "Feliz cumpleaños, tía Lola. *We love you*".

—Pide un deseo —le recuerdan, antes de soplar la vela.

—No hace falta que lo pida —dice ella, guiñándole el ojo a Miguel—. Mi deseo ya se hizo realidad.

la ñapa

De cómo tía Lola terminó empezando otra vez

¿Recuerdan el primer libro de tía Lola, *De cómo tía Lola vino ~~de visita~~ a quedarse,* donde Miguel aprendió sobre las ñapas? Viajó con su familia a República Dominicana para la Navidad (tal como va a suceder ahora con su nueva familia, en unas cuantas semanas). Tía Lola les estaba contando a Juanita y a él sobre las costumbres de su país. —No se les olvide pedir su ñapa cuando vayan al mercado —y les explicó que la ñapa era ese chin adicional que venía al final.

Si uno compra una docena de mangos, de ñapa le dan uno más. Si pide una barquilla doble, de ñapa recibe un poquito más de helado. O si es la hora de entrar a la casa cuando se está jugando afuera, se puede pedir una ñapa, cinco minutos más para terminar el partido de fútbol.

También funciona en los libros. El último capítulo

del último libro de tía Lola ha llegado a su fin. Aquí está la ñapa, antes de que tía Lola les diga adiós a todos sus amigos.

●●●

Tras sorprender a tía Lola con su bizcocho, llegó el momento de la fiesta. Víctor enciende la chimenea; Valentino le lleva sus pantuflas; Cari y Juanita se encargan cada una de un pie para darle masaje.

Comen alrededor de la chimenea, y dejan el bizcocho para el postre. Pero claro que insisten en cantar otra ronda de "Happy Birthday".

Tía Lola les dice: —Ya saben que hoy no es mi cumpleaños.

—Ya sabemos, tía Lola. Es el 12 de diciembre —Juanita sonríe cual concursante de televisión que sabe que tiene la respuesta correcta—. Vas a cumplir cincuenta y seis.

Tía Lola queda atónita. ¿Cómo lograron averiguarlo?

Víctor explica que su fecha de nacimiento estaba en su solicitud para permanecer en los Estados Unidos. —Carmen hizo la averiguación por nosotros.

—¿Nos perdonas, tía Lola? —le pide Victoria a nombre de todos.

—¿Perdonarlos por qué?

—Porque te organizamos una fiesta sorpresa de cumpleaños —Cari desearía que Papá les recordara a todos que fue inicialmente idea suya.

—¿Cómo voy a molestarme si lo hicieron por amor? —contesta sacudiendo la cabeza—. ¿No saben que las buenas razones cautivan los corazones? —Miguel y Juanita aprendieron ese refrán en el segundo libro de tía Lola. Ella estaba angustiada al pensar en tener que enseñar español en la escuela, porque no se sentía lo suficientemente capaz. Así que Miguel y Juanita se inventaron la disculpa de que era el Día de Llevar una Persona Especial a la Escuela. Tía Lola los perdonó por engañarla, porque actuaron con buenas intenciones. No querían que se sintiera sola todo el día en casa.

—Pero sigo sin entender por qué mantenías tu cumpleaños en secreto —Essie no haría algo semejante, ni en un millón de años.

Tía Lola suspira, y mira a Linda, que entiende la razón. Tía Lola ha ocultado la fecha de su cumpleaños toda la vida para no provocarle a su sobrina un gasto o una molestia.

—Pero esas épocas difíciles terminaron, tía Lola —dice Linda con voz dulce—. No seremos ricos, pero tenemos lo suficiente para festejar a la gente que queremos —y luego Mami le cuenta a tía Lola toda la verdad: que la gran fiesta del próximo fin de semana será también para ella.

—¡Y no puedes huir, tía Lola! —le advierte Essie—. ¡O te mataremos!

¿Huir? ¿A quién se le ocurriría? Tía Lola está a

cargo de la parte de la fiesta dedicada al coronel el próximo sábado.

Miguel ha estado devorando su bizcocho, mientras comparte una porción de glaseado con el presidente del comité de distracción. —¿Y qué hay de mi ñapa, tía Lola? —pregunta, mostrando su plato vacío. Esto hace que Cari pregunte a qué se refiere. Miguel le explica, y de repente todos los niños están exigiendo su ñapa, hasta que el bizcocho se acaba.

No queda nada, salvo una vela solitaria entre un montón de migajas. Nadie se siente tentado de tomarla para otra ocasión. Toda la familia, tía Lola incluida, ya tuvo su dosis de pedir deseos. Los deseos pueden ser peligrosos, cuando no salen bien. Pero las ñapas sí son cosa segura. Lo que uno pide es un poquito más de algo que ya sabe que es bueno. Otro trozo de apetitoso bizcocho. Unas cuantas páginas más de una historia antes de que finalmente acabe.

●●●

Sábado por la tarde, una semana después. La casa bulle de actividad. Hay un grupo de personas reacomodando los muebles: empujan la mesa del comedor a un lado y disponen varias mesas plegables para poner el buffet sobre ellas. En un extremo hay una gran canasta de picnic con los cubiertos: las servilletas envuelven los juegos de tenedor y cuchillo.

Afuera está empezando a nevar. La Navidad estará aquí en menos de dos semanas. A lo largo de la calle principal del pueblo, los postes de la luz están decorados con luces navideñas, y todas las vitrinas tienen un Santa Claus o un árbol de Navidad. En la biblioteca, con sus cuatro columnas adornadas con lazos rojos, la bibliotecaria le da vuelta al letrero de "Open" de la puerta para que quede "Closed".

Esta noche, las tiendas cierran temprano. Todos se dan prisa para volver a casa a cambiarse y darle el último toque al plato con el que van a contribuir al gran buffet de la fiesta en el B&B de tía Lola. Ensaladas y sopas, panes caseros y multitud de estofados. Los postres parecen concursantes de reinado de belleza, compitiendo para brillar más que los demás. Unos con espuma de merengue, otros exóticamente oscuros y chocolatosos, y otros salpicados con trocitos de fruta confitada, como joyas. Todos merecen la corona.

Afuera, en la entrada cubierta de nieve frente a la casa, Stargazer y sus amigos están descargando el regalo para tía Lola de la camioneta de Rudy. Ese mismo día habían clavado dos postes en el suelo, cada uno con una ranura para mantener el letrero en su lugar. Tía Lola levantó la vista de su tarea de restregar una olla en la cocina. —¿Qué es todo ese martilleo? —Miguel se las arregla para convencerla de que es tan solo el ruido de los muebles que están moviendo de un lado a otro de la sala para que haya suficiente espacio para todos los invitados.

Tía Lola está apurada terminando de cocinar su plato para dejar libre el horno y que los invitados puedan calentar lo que traigan. Pero por si acaso decidiera salir hacia el frente de la casa, el comité de distracción diseñó un sistema de alarma: Miguel está apostado junto a la puerta, bloqueando el camino de salida. Tras él está echado Valentino, como un lomo reductor de velocidad. Y si nada de eso funciona, Miguel la va a entretener, Valentino ladrará y Essie deberá abrir la ventana de la sala y gritar: ¡Agáchense!

En el frente de la casa, el letrero está finalmente en su lugar, y lo cubre una sábana blanca. A medida que la nieve se va acumulando, el regalo sorpresa empieza a verse como un cuerpo a la espera de su entierro.

O al menos eso le comenta Essie al coronel mientras montan guardia junto a la ventana de la sala.

—Entonces, mi fiesta acabará siendo un funeral, después de todo, solo que no será el mío, gracias a Dios —el coronel suelta una risita, Essie otra, y al momento están los dos estallando en carcajadas histéricas.

En la cocina, tía Lola está esperando que su apetitoso pastelón de pollo, salga del horno.

Se limpia las manos en el delantal y se dirige al frente de la casa.

Miguel le bloquea el paso. —¿A dónde vas, tía Lola?

—¿A qué te refieres? Voy a ver cómo está el coronel, claro está.

—El coronel está perfectamente bien —dice Miguel de prisa—. Essie está con él.

167

—Eso es lo que me preocupa —contesta tía Lola, pasando por encima de su mascota favorita. Basta con mezclar a Essie y al coronel para tener una receta segura para problemas. Pero tía Lola no ha llegado a medio camino del recibidor cuando Valentino se lanza en un concierto de ladridos. Ella vuelve su atención al perro, y justo en ese momento suena el teléfono. Es uno de los invitados para avisar que llegará con un poco de retraso debido a la nevada. Para cuando tía Lola cuelga y va hacia la sala, el reloj del horno empieza a anunciar que el pastelón está listo.

La nieve sigue cayendo. Es como si este pueblo habitado por gente feliz fuera el paisaje en uno de esos globos de vidrio que alguien acaba de sacudir para hacer caer los granulitos blancos que simulan nieve. Desde los cuatro extremos de su pequeño mundo, todos se reúnen para festejar a dos leyendas: un anciano coronel que pasó su vida en el ejército pero que finalmente volvió a su pueblo natal para continuar con su labor de servicio en lo que fuera posible. Y además, otra figura legendaria: una dama notable y entusiasta de la República Dominicana, que en menos de dos años logró crear un verdadero sentido de comunidad en el pueblo.

También vienen del campo: los Magoon, los cinco, con una silla de ruedas cubierta con una lona impermeable en la parte trasera; Tom y Becky, que tienen una granja de ovejas, con overoles limpios y los rastros del peine aún dibujados en el pelo húmedo;

Margaret y Odette y Henny, cada una con un platillo que Margaret quería ensayar, receta de diferentes tribus que ha estudiado. —No se preocupen —les dice a los niños tranquilizadora—. No hay tarántulas ni grillos ni carne humana entre los ingredientes —le guiña un ojo a Miguel, que hace poco le preguntó si alguna vez se había comido a un ser humano. "No a propósito", fue su desconcertante respuesta.

La noche anterior, para librarse de la nevada que se había pronosticado, Papi y Carmen llegaron desde Nueva York con los abuelitos. Ming iba a venir también, pero sus papás temieron que el mal tiempo los dejara varados en Vermont para siempre. —Cosa que a mí me haría completamente feliz —le confesó Ming a Juanita por teléfono. Estaba dispuesta a fugarse, pero Juanita la convenció de no hacerlo.

Al llegar los invitados, tía Lola los recibe en la puerta. —¡Sorpresa! —les grita, con lo cual los sorprende de verdad. Así que tía Lola se enteró de su fiesta sorpresa después de todo.

—Le dimos la sorpresa la semana pasada. Fue idea mía —recalca Cari, porque su papá nunca se acuerda de hacerlo.

—Tía Lola, te tenemos una última sorpresa —anuncia Miguel. En la tarde, los niños habían votado por él para que fuera el vocero, tal vez para compensarlo por ser el único niño varón en la familia combinada. Miguel se sube al descanso de las escaleras. Es la única manera de atraer la atención de una multitud tan ruidosa—. Es tu regalo sorpresa. Pero tienes que salir para verlo.

—¿Un desfile? —pregunta ella. ¿Cómo va a ser? La escuela ya había rechazado la idea de un desfile para el coronel, porque la banda podía pescar una neumonía.

—No te voy a decir nada. Es una sorpresa, y no es una sorpresa —explica Miguel con gran misterio.

Ahora tía Lola está intrigada de verdad. Estos niños le hablan en adivinanzas, inventan aventuras y salen con ideas divertidas. Sus enseñanzas han servido. El verano pasado, en el tercer libro, aprendieron que el poder estaba en su interior. ¡Y de qué manera! Ahora pueden darle vueltas mágicas a ella.

Tía Lola se pone su abrigo y se ata la bufanda amarilla al cuello. Al fin y al cabo, no le falló. A lo largo de todos los sucesos relatados en cuatro libros, ha sido su amuleto de la suerte. Afuera, la multitud se agrupa alrededor de un misterioso montículo blanco que ha aparecido en el césped del jardín delantero. ¡De manera que por eso era que Miguel y Valentino trataban de impedir que ella saliera de la parte trasera de la casa!

La nieve sigue cayendo. Las luces del exterior iluminan los copos de nieve que caen como confeti que se hubiera lanzado en una boda o en un desfile. Es como si, al final, Vermont le estuviera ofreciendo a tía Lola el desfile que ella quería para el coronel. A la mañana siguiente habrá suficiente nieve como para hacer un muñeco.

—¡Que viva tía Lola! ¡Que viva el coronel Charlebois! —corean los invitados.

—¡Feliz cumpleaños, tía Lola! Este regalo es de parte de todos nosotros —Miguel señala con un gesto el misterioso obsequio, y luego apunta a Juanita y las Espada y a sus papás y futuros padrastros y madrastras.

—¡Ta-ra-ríiiii! —dice Essie, imitando una trompeta. Miguel levanta la sábana, y la nieve vuela hacia todos lados.

El letrero dice "C&C&C de tía Lola".

—¡Ah! —exclama la festejada, y mira nerviosa a Stargazer, para darle a entender que no diga una palabra del otro letrero que ella pidió pues no quiere arruinarles la sorpresa—. ¡Perfecto!

¿Sí está perfecto? Los niños no pueden creerlo. Spacey Stargazer debió confundirse y talló las letras equivocadas. —Se supone que debía decir B&B —anota Essie.

Stargazer levanta sus manos enguantadas. —Eso fue lo que yo pensé, pero quise asegurarme preguntándole a tía Lola y esto era lo que ella quería —Stargazer relata la historia de la curiosa coincidencia—. Este es el letrero que tú ordenaste, tía Lola, pero es regalo de todos ellos. Por eso no podía dejar que pagaras por él.

—Bien está... —comienza Rudy, y el resto de los presentes completa el dicho—, lo que bien acaba.

Pero esperen, Essie sigue sin entender. —¿Y qué es C&C&C?

—¡Mi propia versión en español del B&B! —tía Lola levanta los brazos, para presentarle su creación al mundo. Ahora que su último libro se acerca a su final, se alegra de empezar una nueva aventura—: Cama y Comida y Cariño de tía Lola, o sea, lo mismo que un B&B pero con un extra muy importante, cariño —como ahora prácticamente casi todo el pueblo es bilingüe, no hace falta que nadie explique que cariño es como *love*.

En los años venideros, muchas personas tratarán de encontrar este encantador establecimiento en un pueblecito acogedor del Vermont rural. Vendrán en otoño, en busca del majestuoso arce en el jardín delantero; y en invierno, tras el muñeco de nieve con la bufanda amarilla y la espada de plástico en la mano. La primavera los traerá a los bosques de los alrededores para hacer excursiones; y en verano, a los lagos de las cercanías y campamentos donde pernoctar. En todas las estaciones del año tratarán de encontrar el C&C&C de tía Lola, y se darán por vencidos hasta su siguiente viaje a Vermont.

Pero incluso si programan su GPS y dan vueltas manejando durante días, no van a encontrar lo que buscan. Salvo los pocos que suban los escalones de la pequeña biblioteca de la calle principal, esa que tiene columnas al frente y parece un monumento que conmemorara algún hecho o persona importante. Adentro se desarrolla una actividad importante: hay gente leyendo, personas mayores y jóvenes, mamás y mamis, papis, papás y *daddies*, tíos y tías, *uncles* y *aunts*, abuelitos y *grandparents*. Abajo en el sótano, con todo un piso para ellos, los niños leen a solas en grandes almohadones en rincones acogedores, o se leen unos a otros en pequeños grupos de dos o cuatro, y se meten en anticuadas bañeras con patas de león a leerles a los animales de peluche.

Justo en la puerta del sótano, clasificados en la A, encontrarán los libros de historias de tía Lola. A lo mejor empiezan con el primero, o quizás el tercero, para volver luego al segundo y al primero, pero a fin de cuentas llegarán al C&C&C de tía Lola. Para ese momento, la casa estará pintada de morado, los postigos de magenta y el letrero del frente irá engalanado a ambos lados con arbustos podados en forma de corazón o loro o flamenco. En el segundo piso, sus camas estarán con las sábanas abiertas, y en la cocina, las comidas estarán calentándose en el horno. Sus corazones se llenarán de cariño, de tanto cariño que les será difícil abandonar el lugar.

Pero para entonces sabrán que siempre pueden volver. Bastará con abrir uno de sus libros, sin necesidad de hacer una reservación o llamar antes. Siempre hay cuartos disponibles en el C&C&C de tía Lola, sin importar cuántos huéspedes coincidan allí.

Así que si ven a alguien que anda de un lado para otro, que se ve un poco perdido y rascándose la cabeza o suspirando, o mostrando todos los indicios de que todavía está en busca de algo que no logra expresar en palabras, díganle adónde ir. Puede ser que no sea necesariamente en un libro de tía Lola pero con toda certeza encontrará lo que busca dentro de uno de los muchos libros en los estantes de alguna biblioteca.

agradecimientos

Así como a tía Lola
le encanta invitar huéspedes
a su B&B,
quiero invitar a todos
los que me ayudaron
a escribir este libro
a un fin de semana gratis
en el C&C&C de tía Lola:

Escuela Primaria Weybridge

Roberto Veguez

Lyn Tavares

Susan Bergholz

Erin Clarke

Bill Eichner

Brian Goodwin

Katherine Branch

Erica Stahler

Los Snell de Tourterelle

Los equipos femenino y masculino de waterpolo
de Middlebury College

Brad Nadeau (que se merece una temporada de
solo fines de semana)

Hannah y Missy Williams (que me ayudaron a demostrar lo que quería)

Muchas gracias y *many thanks* a todos ustedes y a la
Virgencita de la Altagracia.

JULIA ALVAREZ

Entre las novelas para niños y jóvenes escritas por Julia Alvarez se encuentran *Return to Sender, Finding Miracles, Before We Were Free, How Tía Lola Saved the Summer, How Tía Lola Ended Up Starting Over,* y *How Tía Lola Came to ~~Visit~~ Stay,* titulada en español: *De cómo tía Lola vino ~~de visita~~ a quedarse. Kirkus Reviews* la describió como una novela "simple, bella, un regalo permanente". Alvarez también es la galardonada autora de *De cómo las muchachas García perdieron el acento, ¡Yo!* y *En el tiempo de las mariposas,* todas traducidas al español. En la actualidad vive en Vermont con su marido y es escritora residente en Middlebury College.

Julia Alvarez creció en la República Dominicana, entre docenas y docenas de tías. "Eran como otras mamás para mí, y siempre me pareció que había una para cada ocasión o estado de ánimo... Cuando empecé a escribir esta historia sobre una tía, no pude decidirme por una sola de ellas. Así que tomé un chin de esta, una cucharada de aquella y una taza de la de más allá: los ingredientes necesarios para mi tía Lola".

DISCARDED BY
FREEPORT
MEMORIAL LIBRARY

DISCARDED BY
FREEPORT
MEMORIAL LIBRARY